一生必學的英文單字

VOCABULARY FOR LIFE

政大教授　陳超明－著
　　　　　陳慧琴－整理

Vol.

05 ／ 企劃行銷篇
　　　談判合作篇

目次

前言   3

推薦序   6

「單字十大情境」說明   8

企劃行銷篇

企劃行銷篇—動詞   13

企劃行銷篇—名詞   25

企劃行銷篇—其他詞類   63

談判合作篇

談判合作篇—動詞   71

談判合作篇—名詞   83

談判合作篇—其他詞類   101

索引   105

前言

　　學習第二語言的第一步是先學會單字。學習任何語言的一開始，都是先知道單字，其次則是語法結構，也就是大家所通稱的文法。知道單字的意義之後，再加上單字的排列組合（語法結構），就能完整表達含意。

　　單字既是語言學習的開始，學單字就是重要的學習歷程，像近期很夯的電影《阿凡達》（Avatar），「入侵者」為了要了解「納美人」的語言，也是從一字一句慢慢地學習開始。值得注意的是，必須像片中角色一樣從發音開始，從聲音入門，再去學習單字，而且立刻運用剛學過的單字，像彼此的名字、某個情境等，這樣就能很快地學會一種新的語言。

　　學習單字有兩大重要課題： 第一、要有情境式的學習，一定要具備有用的溝通學習，也就是生活中用得到的單字，如此才會記得住，像地球人學納美語時，就是從兩人接觸的生活開始；第二、要學習一看到單字，就會發音。一般人以往學習英文都是先學拼字，再記住單字，往往花了很多時間，卻仍然記不住單字，或者背了很多一輩子都用不到的單字，結果徒然浪費寶貴時間卻一事無成。

　　有鑑於此，這本書旨在協助讀者從發音到語意情境的使用，掌握一輩子都用得到的單字；並將單字分門別類，提供讀者日常生活、職場等情境中都用得到且非常實用的單字。

本書所列出的重要單字逾一千九百個，全部都是透過研究、實驗，再經電腦分析篩選出來的，字字珠璣，可以讓讀者在工作職場、生活情境中實際運用。我們透過多益（TOEIC）全真試題及一些職場的真實文件與實況英文，包括書寫文件、e-mail、開會、簡報等，蒐羅職場情境中最實用的字彙，適用國內外各大考試（含多益、全民英檢等）。本書排除了國中小最基本的一千字，如 this, that, I, you, do, make 等，書中蒐集的單字，分類整理在十大情境中，更方便讀者學習，一舉提升生活與職場所需的英文能力！

　　學習單字有三個基本概念：第一、單字要從聲音學習，但不是死背音標，而是要學會看到一個字就會唸出其發音。因此本書會將相關的字彙彙整在一起，幫助讀者看到 -tion, pro-, re-, -ment 等相關字詞，就能知道如何發音。透過這樣的方式認識單字，再加上會正確發音，有助於使用新的單字，對拓展自己的單字庫很有幫助。

　　第二、學習有用的單字。書中近兩千個單字都非常實用，不僅有助於參加多益、全民英檢等考試，對個人的工作與生活也有幫助。這些單字以動詞、名詞和形容詞為主，都是有意義且常用的字詞，另外也會補充一些幫助情緒表達的副詞，以及會影響語意表達的重要詞彙等。

　　第三、把單字放回生活與語言的情境中。以前是在情境中學習單字，現在則要把單字放回情境中，解釋單字會在何種狀況下使用。至於特殊及例外用法暫且不提，以免造成讀者混淆。一般而言，只要了解一個單字會在何種情況下運用，之後在面對相關情境時，自然而然就能運用自如了。因此，本書的讀者不僅能夠知道單字的意義，更能進一步知道其使用時機與如何使用，這是

一般字典或是市面上的單字書所看不到的。

　　此外，本書還會指出掌握單字的各種小技巧，幫助你能夠更輕鬆地使用單字，更快速地熟悉單字。這也是全書的精華所在。

　　本書的出版要感謝《聯合報》的孫蓉華組長、聯經出版公司，尤其要歸功陳慧琴幫忙整理資料與例句，讓本書能夠如期出版。

　　認真學習並熟悉本書所有一生必學的單字，相信不論是考試、職場，只要好好運用，定能無往不利，讓你受用一生！

陳超明

推薦序
Active Vocabulary的重要！

　　我經常到學校去做英語學習相關的演講，也提出過不少關於「情境單字學習」的概念，然而常會遇到與會者問我：「情境單字有哪些？哪一本單字書比較好？」老實說，我無法回答。理由是，目前市面上的單字書大多是根據教育部所頒布的單字表，或是針對托福（TOEFL）、GRE 等考試撰寫的單字書轉化而來的，前者與常用的職場情境單字有很大的差異，後者則因字數過多而不實用。

　　學單字，有人說「常用的才會記得」，也有人說「記得的才會用」，到底何者為是呢？其實答案很簡單，學習單字，要先從情境著手，而且必須縮小學習目標，才能提高學習成效。語言是無法獨立於情境知識之外的；而情境知識，尤其是與工作及職場相關的內容，才是真正建構語言學習的基礎。

　　以我個人在職場中使用英文的實際經驗來看，在閱讀時，大概會用到約20,000個字彙，但當我用英文寫與工作有關的e-mail，或跟外籍友人、客戶交談時，常用的英文單字卻不超過3,000個；原因在於我對這3,000個字的定義及用法十分熟悉，游刃有餘，比較不容易犯錯，這跟陳超明教授所提到的 Active Vocabulary（實際使用字彙）的概念，不謀而合。

　　曾參與過多益測驗的考生都知道，多益的常用字並不多，可是一直以來並未有專業的教授投身於職場字表的研究。一年前得知陳超明教授正在進行相關的研究，就懷著期待的心情，希望能夠盡快看到他的成果。陳教授與我曾就多益測驗的基本情境，有過多次討論與意見分享。陳教授依據他的專業認知，設定十大常用情境，再配合語料庫，終於在去年底完成了《一生必學的英文單字》字表。這個字表確實與多益測驗的常用字彙有相當程度的一致性。陳教授根據這份字表的內容，在聯合報發表專欄，深受讀者喜愛，現在集結成書，對英語學習者與多益的考生，真是一大福音。

　　深信本書對於許多上班族，尤其是在職場中常常需要使用英文寫 e-mail 或做簡報的人，肯定會是絕佳的工具書，同時也是學習的好材料，因為「少就是美，用就是好」是一個英語使用者的成功關鍵。

ETS. **TOEIC.** 台灣區代表

王星威

「單字十大情境」說明

　　將單字放在情境中學習，可以將單字與工作、生活緊密結合在一起，讓單字「活」起來，而不是淪為單純且枯燥地死背單字。沒有情境的單字，不但無法進入我們的腦中，也無法成為我們語言的一部分。

　　本書將日常生活、職場工作及國際溝通分成十大情境 ： 一、文書會議；二、人力資源；三、出差參訪； 四、辦公協調 ；五、財務金融； 六、生產製造 ；七、採購總務； 八、社交應酬 ；九、企劃行銷；十、談判合作。

為什麼要分十大情境？

　　本書將英文視為國際溝通的溝通工具（English for international communication）。當我們透過語料庫及電腦程式分析後，精心篩選出將近 2,000 個單字，並依照各種職場英語相關的測驗的情境來分類（尤其是CEFR歐盟語言架構及多益 TOEIC：Test of English for International Communication），發現在生活或工作場景中，都會頻頻出現的共同單字與句子。 進入職場工作，不論是公家機關或者私人企業，都會遇到人事問題（如面試、薪水、獎懲、考績等），而且

在開會、作簡報時,都會碰到需要用英文的時候。這時心中免不了會自問:這句話要怎麼說?這個單字是什麼意思?

要學習有用的單字,就要從生活習慣、平常碰得到的情境中著手,必須將語言學習結合背景知識,再經情境學習融入個人生活。例如除了一般的升遷、人事等用語,還要進一步將自己的專業知識與英語結合,廣泛運用,比方說在工廠維修某零件時,要怎麼說?要用哪些單字?此時就可能需要用到職場上的專業單字;又如在機場時,從辦理登機手續(check in)到最後出關領行李(claim the baggage),要如何說?

知識性單字的運用,重點在回推運用的場景,例如談判簽約時,除了常用的單字、句子之外,一定會牽涉到各行各業的專門相關用語。本書列出的十大情境包含了生活、工作職場等需要的重要單字,以後遇到類似的情境就知道要如何使用了。

一、文書會議: 不論公家單位、私人企業,都需要文書作業,包括從開會通知、會議紀錄到主持會議等這些單字。

二、人力資源: 所有職場都運用得到的範圍,涵蓋各階層職稱(董事長,總經理、辦事員等)、面談、升遷、獎懲、福利、薪資、紅利、教育訓練等,與人力資源相關的重要單字。

三、出差參訪 ： 商務旅行、個人旅遊的機票與飯店預訂、行程安排、與國外廠商洽詢、參加國際性商展、公司部門的參訪等，都需要具備基本的單字溝通能力。

四、辦公協調 ： 辦公室常見的設備、同事間的對話以及辦公室運作等所需的單字。

五、財務金融 ： 財務會計需要專門的術語，牽涉到公司的正確財務收支或是單位的預算決算等，還有跨國交易、國際股市的變化、期貨市場、各種基金的現況等，一點都馬虎不得，一定要用對單字。

六、生產製造 ： 各行各業都各自有不同的工廠設備，公部門也都設有機電設備。工廠內部有哪些設備？會出現何種對話？有哪些是專業卻常用的單字？要如何使用？

七、採購總務 ： 商品採購包含企業交易與公家機構的總務採買。一定要清楚要買什麼東西，不僅是企業需要，公司部門及個人採買也用得到。

八、社交應酬 ： 公務運作之外，在需要交際應酬等正式或非正式的場合，都需要了解的英文單字。

九、企劃行銷 ： 不管是大小企業都需要行銷，因此事前的企劃千萬馬虎不得。要如何辦理活動，相關的英文該怎麼說？公司部門的規劃與計劃，也都屬於這類情境。

十、談判合作 ： 整個商務或公務運作的最終目的，就是簽約合作。掌握相關的談判、協調等用語，有助於溝通與簽約的進行。

掌握動詞與名詞

在國際溝通場景中，重視正面表述與直接的語意表達，在英文表達中，動詞與名詞大都是表達的關鍵詞，副詞、形容詞與其他詞類的單字大都是語氣的表達，對語意影響不大，因此本系列與其他單字書不同，強調動詞與名詞單字的掌握。名詞大都用在主詞與受詞上，而動詞則是一句話的靈魂，掌握這兩者，溝通就能無礙。

VOCABULARY FOR LIFE 一生必學的英文單字

企劃行銷篇
動詞

• anticipate　預期、預料

發音 ▶ an-: an-t, an-nual；　-ti-: ti-ck, ti-p；　-ci-: su-pply, su-rrender；　-pa-: pay, pa-le；　-te: a-te, fa-te

語意與用法 ▶ anticipate 指的是預期、預料。可用 anticipate + problems / changes / needs，表示預期某種問題、改變或需求。

例句 ▶ The September 2010 launch of the second-generation Apple TV was eagerly anticipated.
2010年9月上市的第二代蘋果電視產品令人引頸期盼。

• boost　推動、促進

發音 ▶ boo-: boo-m, boo-t；　-st: co-st, po-st

語意與用法 ▶ boost 指的是推動、促進，例如推動銷售。可用 boost + revenue / profits / production，表示促進銷售、提高利潤或產量。

例句 ▶ Diversifying products to attract a new customer base is one way to boost sales.
開發多樣化的產品以吸引新的客戶群是促進銷售的方法之一。

• build　建立、發展

發音 ▶ bui-: bi-d, bi-t；　-ld: co-ld, mo-ld

語意與用法 ▶ build 指的是建立、發展，例如建立一個品牌。可用 build a brand / a customer base，表示建立一個品牌或客戶群。

例句 ▶ A marketing plan is what any company needs in order to build a customer base.
任何公司為了建立客戶群，不可或缺的是一份行銷計劃。

● **close down** 關閉、停止營業

發音 ▶ clo-: cloa-k, clo-thes; -se: bu-zz, fu-zz; d-: d-awn, d-id; -own: br-own, cl-own

語意與用法 ▶ close down 指的是關閉、停止營業。可用 (firm) be forced to close down，表示某公司被迫停業。

例句 ▶ The 2008 global recession forced Circuit City, a major US home electronics retail chain, to close down.

2008 年全球經濟衰退，迫使美國大型連鎖家用電子產品零售業者電路城倒閉。

● **collaborate** 合作、共事

發音 ▶ co-: co-llapse, co-llect; -lla-: la-b, la-p; -bor-: bar-ber, Decem-ber; -ate: l-ate, m-ate

語意與用法 ▶ collaborate 指的是合作、共事。可用 collaborate with (person or company)，表示與某人或公司合作。

例句 ▶ The German high-end fashion designer Jil Sander collaborated with Japanese retailer Uniqlo to create a special collection.

德國高級時裝設計師 Jil Sander 與日本零售商優衣庫合作，共同打造特別服裝系列。

● **compete** 競爭、對抗

發音 ▶ com-: com-bine, com-pact ; -pe-: pea, pea-k; -te: fee-t, hea-t

語意與用法 ▶ compete 指的是競爭、對抗。可用 compete with (person or company)，表示與某人或公司競爭。

例句 ▶ In 2005, Adidas and Reebok merged to compete one-on-one with Nike.

2005年，阿迪達斯和銳步合併，與必爾斯藍基展開一對一的競爭。

15

● compose　組成、構成

發音 ▶ com-: com-bine, come;　-po-: po-le, po-se;　-se: bu-zz, fu-zz

語意與用法 ▶ compose 指的是組成、構成。可用 (thing) be composed of (components)，表示某事物由某些部分構成。

例句 ▶ The corporate office is composed of sales, purchasing, production, product development, and accounting.
企業總部由銷售、採購、生產、產品開發和會計單位組成。

● conduct　經營、管理

發音 ▶ con-: con-dense, con-fess;　-du-: du-ck, du-g;　-ct: dedu-ct, instru-ct

語意與用法 ▶ conduct 指的是經營、管理。可用 conduct + business / operations，表示經營事業或進行……（的行動）。

例句 ▶ Expanding international business operations is more complex than conducting domestic business.
拓展國際事業的經營版圖比管理國內事業更為複雜。

● develop　發展、成長

發音 ▶ de-: de-lete, de-mand;　-ve-: ve-nt, ve-st;　-lop: ga-llop, tu-lip

語意與用法 ▶ develop 指的是發展、成長。可用 develop + strategies / customer relations，表示發展策略或客戶關係。

例句 ▶ Knowing your client's hobbies and interests is the first step in developing good customer relations.
知道客戶的嗜好與興趣是建立良好客戶關係的第一步。

● **devise** 策劃、想出

發音 ▶ de-: de-lete, de-mand;　-vi-: in-vi-te, vi-ce;　-se: ja-zz, si-ze

語意與用法 ▶ devise 指的是策劃、想出，例如想出一個行銷計劃。可用 devise a marketing scheme / plan，表示擬定一個行銷計劃。

例句 ▶ To devise an effective marketing plan, you need to find marketing success stories in your industry and learn from them.
若要制定有效的行銷計劃，需要先找出同業行銷成功的故事，並向他們學習。

● **double** 變成兩倍、增加一倍

發音 ▶ dou-: du-ck, do-zen ;　-ble: a-ble, ta-ble

語意與用法 ▶ double 指的是變成兩倍、增加一倍，例如營業額或市場占有率增加一倍。可用 the company's sales / market share doubled，表示公司的銷售或市占率變成兩倍。

例句 ▶ The company doubled its size after only five years of operations.
這家公司的規模在短短五年的經營之間增加了一倍。

● **enlarge** 擴大、擴展

發音 ▶ en-: en-act, en-courage;　-lar-: lar-va, a-lar-m;　-ge: ca-ge, he-dge

語意與用法 ▶ enlarge 指的是擴大、擴展。可用 enlarge a business area / market，表示擴大業務地區或市場。

例句 ▶ Companies often make full use of advertising and their sales teams to enlarge their sales market.
公司經常充分利用廣告及銷售團隊，來擴大銷售市場。

● evolve　發展、逐步形成

發音 ▶ e-: e-liminate, e-vade;　-vol-: vol-cano, vol-ly;　-ve: val-ve, sol-ve

語意與用法 ▶ envolve 指的是發展、成長。可用 evolve a strategy / product requirements，表示逐步發展一個策略或調整產品需求。

例句 ▶ Our company must evolve new strategies to cope with changing markets.
我們的公司必須發展新策略來因應市場變化。

● explain　解釋、說明

發音 ▶ ex-: ex-pand, ex-pel;　-plain: plane

語意與用法 ▶ explain 指的是解釋、說明。可用 explain (plan or result) to (person)，表示跟某人說明某項計劃或結果。

例句 ▶ The marketing research firm briefly explained the results of the user survey.
市場研究公司簡單說明了使用者調查的結果。

● explode　迅速擴大、增加

發音 ▶ ex-: ex-pand, ex-pel ;　-plo-: di-plo-ma, ex-plo-re;　-de: loa-d, mo-de

語意與用法 ▶ explode 指的是迅速擴大、增加。可用 an exploding world market，表示急速成長的全球市場。

例句 ▶ The advent of the Internet has allowed people to take advantage of opportunities in an exploding world market while sitting at their computers.
網際網路的出現讓人可以坐在電腦前，享受全球市場迅速擴充所帶來的機會。

● **express**　陳述、表達

發音 ▶ ex-: ex-pand, ex-pel ；　-pre-: pre-sent, pre-face;　　-ss: ki-ss, lo-ss

語意與用法 ▶ express 指的是陳述、表達。可用 express one's ideas / opinions / views /concerns，表示表達其人的想法、意見、看法或關心的事。

例句 ▶ The CEO expressed his concerns about the overly optimistic sales forecast.
執行長對於過度樂觀的銷售預測表示關切。

● **handle**　處理、經營

發音 ▶ han-: han-d, han-dsome ；　-dle: can-dle, i-dle

語意與用法 ▶ handle 指的是處理、經營，例如處理某項事務。可用 handle (work or duty)，表示處理某項工作或職務。

例句 ▶ More companies are hiring advertising PR firms that can handle both advertising and public relations functions.
愈來愈多公司雇用可以同時處理廣告及公關工作的廣告公關公司。

● **host**　主持、主辦

發音 ▶ ho-: ho-ld, ho-le ；　-st: boa-st, lo-st

語意與用法 ▶ host 指的是主持、主辦，例如主持或主辦一場活動。可用 (company) + host a charity event，表示某公司主辦一場慈善活動。

例句 ▶ In 2009, Foxconn hosted more than seventy training workshops to employees.
2009 年，鴻海為員工舉辦七十多場訓練研習會。

● implement　執行、實施

發音 ▶ im-: im-port, im-pact ;　-ple-: com-ple-ment, sup-ple-ment;　-ment: improve-ment, agree-ment

語意與用法 ▶ implement 指的是執行、實施。可用 implement + programs / policies / measures，表示實施計劃、政策或措施。

例句 ▶ An important step in implementing a marketing strategy is to create a contingency plan.
實施行銷策略的一個重要步驟是建立一套應變計劃。

● improve　改進、改善

發音 ▶ im-: im-port, im-pact ;　-pro-: proo-f, pru-dent;　-ve: appro-ve, mo-ve

語意與用法 ▶ improve 指的是改進、改善。可用 improve the quality / performance of (product)，表示改善某產品的品質或表現。

例句 ▶ Benchmarking best practices from businesses is a good way to improve products.
以企業的最佳作法為標竿，是改善產品的好方法。

● initiate　開始、開始實施

發音 ▶ i-: i-t, i-s ;　-ni-: ni-che, k-ni-t;　-ti-: appre-ci-ate, nego-ti-ate;　-ate: eight, m-ate

語意與用法 ▶ initiate 指的是開始、開始實施。可用 initiate + a process / an action / a program，表示開始實施一個程序、動作或計劃。

例句 ▶ To initiate a new project, you should be able to explain the project concept clearly first.
要啟動新專案，你應該要能夠先清楚解釋此專案的概念。

● invest　投入、投資

發音 ▶ in-: in-herit, in-troduce；　-ve-: ve-st, ve-ry；　-st: co-st, mo-st

語意與用法 ▶ invest 指的是投入、投資。可用 invest + time / resources / manpower in + (project)，表示在某專案上投入時間、資源或人力。

例句 ▶ A cost-benefit analysis helps a company determine where to invest resources.
成本效益分析幫助公司決定投入資源的地方。

● investigate　調查、研究

發音 ▶ in-: in-herit, in-troduce；　-ves-: di-ves-t, ves-t；　-ti-: ta-boo, to-day；　-gate: gate, rele-gate

語意與用法 ▶ investigate 指的是調查、研究。可用 investigate + the effect / factors of...，表示研究……的原因或效果。

例句 ▶ The consulting firm is investigating the effect of gasoline price increases on new car sales.
顧問公司正在調查油價上升對新車銷售的影響。

● launch　開始 、開辦

發音 ▶ laun-: laun-dry, lawn；　-ch: lun-ch, mu-ch

語意與用法 ▶ launch 指的是開始、開辦。可用 launch a media / advertising / PR campaign，表示開始一個媒體、廣告或公關活動。

例句 ▶ Yahoo India launched a campaign to attract the top 100 advertisers to advertise on Yahoo.
印度雅虎推出了吸引百大廣告主在雅虎登廣告的活動。

● predict　預測、預期

發音 ▶ pre-: pre-fer, pre-pare ;　-dict: ad-dict, contra-dict

語意與用法 ▶ predict 指的是預測、預期。可用 predict consumer behavior / reaction，表示預測消費者行為或反應。

例句 ▶ Companies spend billions every year trying to predict consumer behavior.
　　　公司每年花數十億元試圖預測消費者行為。

● print　印刷、列印

發音 ▶ pri-: pre-fer, pre-tty ;　-nt: hi-nt, sti-nt

語意與用法 ▶ print 指的是印刷、列印。可用 print a document / report，表示印一份文件或報告。

例句 ▶ These promotional materials must be printed before May 31 so we can mail them in time.
　　　這些文宣必須在 5 月 31 日之前印好，我們才可以及時寄出。

● promote　宣傳、推銷

發音 ▶ pro-: pro-fession, pro-tect;　-mote: de-mote, re-mote

語意與用法 ▶ promote 指的是宣傳、促銷，例如 promote a new product 即指為新產品宣傳。

例句 ▶ Celebrity endorsement is an effective way to promote skin care products.
　　　明星代言是宣傳護膚產品的有效途徑。

● **prosper**　昌盛、成功

發音 ▶ pro-: pro-blem, pro-fit；　-sper: ja-sper, whi-sper

語意與用法 ▶ prosper 指的是昌盛、成功。可用 The company is prospering.，表示這家公司生意興隆。

例句 ▶ The company is prospering under the new general manager.
在新任總經理的帶領之下，這家公司生意興隆。

● **publish**　出版、發行

發音 ▶ pub-: pub, pub-lic；　-lish: gir-lish, sty-lish

語意與用法 ▶ publish 指的是出版、發行。可用 publish + product catalogues / company newsletters / annual reports，表示出版產品目錄、公司的業務通訊或年度財務報告。

例句 ▶ The furniture company publishes product catalogues twice a year.
這間傢俱公司每年發行兩次產品目錄。

● **reach**　抵達、達到

發音 ▶ rea-: rea-d, rea-l；　-ch: chur-ch, mu-ch

語意與用法 ▶ reach 指的是抵達、達到。可用 reach a sales target，表示達到業績目標。

例句 ▶ The sales department held a party after reaching the annual sales target.
達到年度目標業績之後，業務部舉行了一場派對。

● suggest 建議、提議

發音 ▶ su-: se-lect, su-pply ; -ggest: jest, di-gest

語意與用法 ▶ suggest 指的是建議、提議。S_1 + suggest that + S_2 (should) + V，**子句中使用原形動詞或** should + V。

例句 ▶ The advertising firm suggested that their clients advertise on TV.
廣告公司建議客戶在電視上打廣告。

VOCABULARY 一生必學的
FOR LIFE 英文單字

企劃行銷篇
名詞

● **advertisement** 廣告、宣傳

發音 ▶ ad-: add, ad-**vent** ; -ver-: ver-**b**, ad-ver-**b**; -ti-: ti-de, ty-pe; -se-: si-ze, ma-ze; -ment: argu-ment, gar-ment

語意與用法 ▶ advertisement 指的是廣告、宣傳。可用 place / run an advertisement，表示刊登廣告；TV / magazine / newspaper advertisement，表示電視、雜誌或報紙廣告。

例句 ▶ Luxury brands regularly place full-page advertisements in glossy fashion magazines. 名牌精品定期在光鮮亮麗的時尚雜誌刊登全版廣告。

● **advertiser** 廣告客戶、刊登廣告者

發音 ▶ ad-: add, ad-equate; -ver-: ver-**b**, ad-ver-**b**; -ti-: ti-de, ty-pe; -ser: wi-ser, mi-ser

語意與用法 ▶ advertiser 指的是廣告客戶、刊登廣告者。

例句 ▶ The Super Bowl attracts high-profile advertisers every year. 超級盃每年吸引了許多高調的廣告客戶。

● **allocation** 配置、分配額

發音 ▶ a-: a-dd, a-ct ; -llo-: low, lo-cation; -cation: lo-cation, va-cation

語意與用法 ▶ allocation 指的是配置、分配額。可用 an allocation of advertising budget，表示廣告預算的分配。

例句 ▶ Taking a percentage of sales is one allocation method to develop advertising budgets. 採取銷售額的百分比是編列廣告預算的一種分配方法。

● **ambassador** 大使、使節

發音 ▶ am-: am, am-ber ; -ba-: ba-d, ba-t; -ssa-: ac-ci-dent, se-lect; -dor: o-dor, ven-dor

語意與用法 ▶ ambassador 指的是大使、使節。可用 appoint (person) ambassador，表示指派某人為大使。

例句 ▶ The P&G campus ambassador's job is to share knowledge about brands and career options with the company.
寶僑校園大使的工作在於分享公司品牌的知識和就業機會。

● **article** 文章

發音 ▶ ar-: ar-m, ar-t ; -ti-: ti-lt, ti-p; -cle: un-cle, vehi-cle

語意與用法 ▶ article 指的是文章。可用 magazine / newspaper article，表示雜誌或報紙文章。

例句 ▶ The latest *Consumer Reports* article discusses the best cell phone service providers.
最新一期《消費者報告》專文討論最佳的行動電話服務業者。

● **assessment** 評估、評價

發音 ▶ a-: a-bide, a-side ; -sse-: se-ssion, se-cond; -ss-: bu-s, to-ss; -ment: argu-ment, mo-ment

語意與用法 ▶ assessment 指的是評估、評價。可用 complete / carry out / require an assessment，表示完成、執行或需要評估。

例句 ▶ The initial step in establishing a product quality assessment is to conduct a needs analysis.
建立產品品質評估的第一步是進行需求分析。

● **author** 作者、筆者

發音 ▶ au-: au-dio, ou-ght ;　-thor: ther-mo

語意與用法 ▶ author 指的是作者、筆者。可用 famous / well-known / best-selling author，表示知名或暢銷書作家。

例句 ▶ Getting a famous author to endorse your product is a good way to generate publicity.
　　　請知名作者為你的產品背書是一種絕佳的宣傳方式。

● **biography** 傳記

發音 ▶ bi-: by, bi-cycle ;　-o-: o-dd, a-rt;　-graphy: geo-graphy, calli-graphy

語意與用法 ▶ biography 指的是傳記。可用 authorized / official biography，表示經過授權或官方背書的傳記。

例句 ▶ The biography of Larry Page tells us how Google was founded.
　　　賴瑞佩吉的傳記告訴我們谷歌是如何成立的。

● **brand** 品牌、商標

發音 ▶ bra-: bra-nch, bra-t ;　-nd: a-nd, ba-nd

語意與用法 ▶ brand 指的是品牌、商標。可搭配動詞 create 或 sell，表示創造或銷售某個品牌；leading / famous brand，表示領導的或知名的品牌。

例句 ▶ In 2011, Apple overtook Google as the most valuable brand in the world.
　　　蘋果在 2011 年取代谷歌成為世界上最有價值的品牌。

● brochure 小冊子

發音 ▶ bro-: bro-ke ;　 -chure: sure, en-sure

語意與用法 ▶ brochure 指的是小冊子，如 advertise in a brochure，表示在小冊子中打廣告；
publish a brochure，表示出版一本小冊子。

例句 ▶ The department store publishes a promotion brochure every month.
這家百貨公司每個月都出版一本促銷小冊子。

● budget 預算

發音 ▶ bu-: bu-t, bu-tter ;　 -dget: di-git, wi-dget

語意與用法 ▶ budget 指的是預算。可搭配動詞使用，如 draw up / approve / keep within budget，
表示制訂、核准預算或控制在預算之內。

例句 ▶ The company drew up a special budget to counter the competitor's aggressive price cut.
公司制訂了特別預算案，來回應競爭對手的激進降價措施。

● business 生意、商業

發音 ▶ bu-: bu-sy, bi-g ;　 -si-: si-ze, ma-ze;　 -ness: ill-ness, wit-ness

語意與用法 ▶ business 指的是生意、商業，如 acquire / set up / run a business，表示併購、成立、
經營一個生意。

例句 ▶ Succession planning is one of the biggest challenges for family businesses.
接班人計劃是經營家族企業最大的挑戰之一。

1-09

● **businessperson** 生意人、商人

發音 ▶ bu-: bu-sy, bi-g ;　-si-: si-ze, ma-ze;　-ness-: ill-ness, wit-ness;　-per-: per, per-cent ;
　　　　-son: ar-son, ma-son

語意與用法 ▶ businessperson 指的是生意人、商人，例如 a powerful businessperson，表示有權勢
　　　　　　的生意人。

例句 ▶ In 2007, *Fortune* selected Steve Jobs as the most powerful businessperson in the world.
　　　　2007 年，賈伯斯獲選《財富》雜誌全球最具權勢的商人。

● **case** 事例、實例

發音 ▶ ca-: ca-ge, ca-ke ;　-se: me-ss, pa-ce

語意與用法 ▶ case 指的是事例、實例。可用 business / management cases，表示企業或管理個案。

例句 ▶ Business case studies introduce students to real management challenges they might face on
　　　　the job.
　　　　企業案例研究介紹學生認識未來在職場可能面對的實際管理挑戰。

● **celebrity** 名人、名流

發音 ▶ ce-: ce-ment, ci-gar ;　-le-: le-mon, le-t;　-bri-: bri-dge, Bri-tain;　-ty: beau-ty, pret-ty

語意與用法 ▶ celebrity 指的是名人、名流。可用 celebrity endorsement，表示名人代言。

例句 ▶ David Beckham is one of the most sought-after celebrities for product endorsements.
　　　　大衛貝克漢是最搶手的產品代言人之一。

● **circumstance**　情況、狀況

發音 ▶ cir-: cir-cle, cir-cus ; 　-cum-: com-panion, com-plain; 　-stan-: stan-d, stan-dard;
　　　-ce: pa-ce, on-ce

語意與用法 ▶ circumstance **指的是情況、狀況。可用** in / under normal circumstances，**表示在正常
情況下。**

例句 ▶ In normal circumstances, Christmas is the season when computer game sales get a boost.
在正常情況下，耶誕節是電腦遊戲銷售大幅增加的季節。

● **column**　報紙或雜誌的專欄

發音 ▶ co-: ca-r, ca-rt ; 　-lumn: Sa-lem, so-lemn

語意與用法 ▶ column **指的是報紙或雜誌的專欄，如** newspaper / magazine column。

例句 ▶ A *Time* magazine column about Indian immigrants outraged many readers.
一篇有關印度移民的《時代》雜誌專欄激怒了許多讀者。

● **columnist**　專欄作家

發音 ▶ co-: ca-r, ca-rt ; 　-lumn-: Sa-lem, so-lemn; 　-nist: pia-nist

語意與用法 ▶ columnist **指的是專欄作家。可用** newspaper / political / gossip columnist，**表示報紙
專欄作家、撰寫政治或八卦評論的專欄作家。**

例句 ▶ The columnist who wrote these real estate articles is also a broker and consultant in the industry.
寫這些房地產文章的專欄作家同時也是該產業的仲介和顧問。

● commentary　評論

發音 ▶ com-: com-mand, come ;　-men-: hu-man, wo-men;　-tary: secre-tary

語意與用法 ▶ commentary 指的是評論。可用 product commentary，表示產品評論。

例句 ▶ The product commentary gave a rave review for the new anti-aging cream.
　　　　產品評論給予這瓶新抗老面霜熱烈好評。

● commerce　商業、貿易

發音 ▶ com-: com-mand, come ;　-mer-: mer-cy, mer-maid;　-ce: on-ce, oun-ce

語意與用法 ▶ commerce 指的是商業、貿易。可用 commerce with (country)，表示與某一國家的貿易往來、商業活動等。

例句 ▶ Taiwan's commerce with Japan has always been strong.
　　　　臺灣與日本的商業活動一直很活躍。

● commercial　商業廣告

發音 ▶ com-: com-mand, come;　-mer-: mer-chant, mer-maid;　-cial: ra-cial, spe-cial

語意與用法 ▶ commercial 在市場行銷可以用來指商業廣告，例如 television / radio commercials，表示電視或電臺廣告。

例句 ▶ Television commercials are expensive to make and their impact is difficult to measure.
　　　　電視廣告的製作費用很昂貴，而且其影響難以衡量。

● **competition**　競爭

發音 ▶ com-: com-**ment**, com-**merce** ;　-pe-: pe-**tition**, pe-**tite**;　-tition: repe-**tition**, supers-**tition**

語意與用法 ▶ competition 指的是競爭。可用 competition among (manufacturers or brands)，**表示廠商或品牌之間的競爭。**

例句 ▶ The competition among shampoo manufacturers on the domestic market is intense.
國內市場的洗髮精廠商競爭激烈。

● **competitor**　競爭者、對手

發音 ▶ com-: com-**panion**, com-**pete** ;　-pe-: pe-**t**, pe-**n**;　-ti-: at-ti-**tude**, al-ti-**t**;　-tor: mat-**ter**, mo-**tor**

語意與用法 ▶ competitor 指的是競爭者、對手。可用 main / major competitor **表示主要競爭對手。**

例句 ▶ HP's two main competitors are Dell and Acer.
惠普的兩個主要競爭對手是戴爾和宏基。

● **consumer**　消費者

發音 ▶ con-: con-**sent**, con-**front** ;　-su-: **sue**, con-su-**me**;　-mer: gram-**mar**, ham-**mer**

語意與用法 ▶ consumer 指的是消費者。可用 consumer demand，**表示消費者需求。**

例句 ▶ Strong consumer demand for smartphones has driven growth in the technology sector.
智慧手機的廣大消費需求促進科技產業的成長。

● contrast　對比、對照

發音 ▶ con-: con, con-tinent；　-tra-: tra-vel, tra-p；　-st: bu-st, mi-st

語意與用法 ▶ contrast 指的是對比、對照。可用 in contrast with，表示與某人或事物相比。

例句 ▶ In contrast with imported food, local produce is cheaper and fresher.
　　　　跟進口食品相比，當地出產的農產品更便宜新鮮。

● coordinator　協調者

發音 ▶ co-: co-ld, co-pe；　-or-: or, or-dinary；　-di-: di-vine, di-vide；　-nator: alie-nator, nomi-nator

語意與用法 ▶ coordinator 指的是協調者，職稱通常為專員、聯絡人或管理師。可用 project /
　　　　　　communications coordinator，表示專案管理師或負責對外溝通的聯絡人。

例句 ▶ The communications coordinator must maintain good media relations.
　　　　負責對外溝通的聯絡人必須保持良好的媒體關係。

● decade　十年

發音 ▶ de-: dea-d, de-mo；　-cade: ar-cade, cas-cade

語意與用法 ▶ decade 指的是十年。可用 every decade，表示每十年。

例句 ▶ Over the last decade, TV has gone through a lot of changes.
　　　　過去十年，電視經歷了許多變化。

● **decline** 下降、衰退

發音 ▶ de-: de-ceive, de-cay；　-cline: in-cline, re-cline

語意與用法 ▶ decline 指的是下降、衰退。可用 economic decline，表示經濟衰退。

例句 ▶ During an economic decline, stocks for fast moving consumer goods tend to hold up better.
　　　在經濟衰退時期，快速消費品的股票比較能夠保值。

● **distribution**　配送、經銷

發音 ▶ dis-: dis-turb, dis-card；　-tri-: tri-m, tri-p;　-bution: contri-bution, retri-bution

語意與用法 ▶ distribution 原指分布，在此指的是產品的配送或經銷。可用 product distribution，
　　　　　表示產品的配送。

例句 ▶ Toyota's automotive sales distribution network is the largest in Japan.
　　　在日本，豐田汽車的銷售網是最大的。

● **drop**　下降、落下

發音 ▶ dr-: dr-ama, dr-aw；　-op: h-op, t-op

語意與用法 ▶ drop 指的是下降、落下。可用 drop in prices / sales，表示價格或銷售的下降。

例句 ▶ The drop in sales was expected after the competitor introduced new models.
　　　競爭對手推出新款式之後，銷量下降是可預期的。

● **economy** 經濟、經濟情況

發音 ▶ e-: e-ffect, e-lect ; -co-: ca-r, ca-lm; -no-: chi-na, tu-na; -my: ar-my, ene-my

語意與用法 ▶ economy指的是經濟、經濟情況。可用 the world's / nation's economy，表示全球或國家經濟。

例句 ▶ The world's economy has recovered from the recession.
世界經濟已從衰退中復甦。

● **enterprise** 企業、公司

發音 ▶ en-: en-d, B-en ; -ter-: af-ter, fac-tor; `-prise: com-prise, sur-prise

語意與用法 ▶ enterprise 指的是企業、公司。可用 private / state-owned enterprise，表示私人或公營企業。

例句 ▶ This local enterprise is growing rapidly.
這家本地企業迅速成長。

● **entertainer** 表演者

發音 ▶ en-: en-d, B-en ; -ter-: af-ter, fac-tor; -tain-: at-tain, main-tain; -er: act-or, doct-or

語意與用法 ▶ entertainer 指的是表演者。可用 popular / famous entertainer，表示受歡迎或知名的表演者。

例句 ▶ This award-winning entertainer will perform at the company's national sales conference.
這位獲獎藝人將在公司的全國銷售大會上表演。

● **estimate** 估計、估價

發音 ▶ es-: es-tate, es-cape ; -ti-: to-day, to-morrow; -mate: mate, room-mate

語意與用法 ▶ estimate 指的是估計、估價。可用 reasonable / current estimate，表示合理的或目前的估計。

例句 ▶ Investors' estimate of Facebook's value far exceeded expectations.
投資者對臉書價值的評估遠超出預期。

● **evaluation** 評估、評價

發音 ▶ e-: e-vade, e-vict ; -va-: va-lue, va-n; -lu-: va-lue, vo-lu-me; -ation: cre-ation, vac-ation

語意與用法 ▶ evaluation 指的是評估、評價。可搭配動詞 conduct 或 carry out，表示舉行或執行一項評估。

例句 ▶ The mystery shopper program provides a way for companies to conduct customer service evaluations.
祕密客購物方案是讓公司評估客服的一種方法。

● **factory** 工廠、製造廠

發音 ▶ fac-: fac-t, fac-tor ; -tory: his-tory, vic-tory

語意與用法 ▶ factory 指的是工廠、製造廠。可搭配其他名詞，如 car / aircraft / clothing factory，表示製造車輛、飛機或衣服的工廠。

例句 ▶ The car factory's parts supply was affected by the Japanese earthquake.
這家車廠的零件供應受到日本地震影響。

• flyer 廣告傳單

發音 ▶ fl-: fl-y, fl-ight ;　-y-: t-y-pe, m-y;　-er: dry-er, buy-er

語意與用法 ▶ flyer 指的是廣告傳單。可用 make / create an advertising flyer，表示製作廣告傳單。

例句 ▶ Flyers are an inexpensive way to advertise.
　　　傳單是一種低成本的廣告方式。

• forecast 預測、預報

發音 ▶ fore-: for-ce, for-d ;　-cast: broad-cast, out-cast

語意與用法 ▶ forecast 指預測、預報。可用 sales / financial forecast，表示銷售或財務預測。

例句 ▶ Some investors are concerned that the company's financial forecast is too optimistic.
　　　有些投資人擔心這家公司發布的財務預測過於樂觀。

• founder 創辦人

發音 ▶ foun-: foun-d, foun-dry ;　-der: or-der, bid-der

語意與用法 ▶ founder 指的是創辦人。可用 become a founder，表示成為創辦人。

例句 ▶ Bill Gates was the founder and first chairperson of Microsoft.
　　　比爾蓋茲是微軟的創辦人和第一任董事長。

• franchise （連鎖店的）經銷權、加盟店

發音 ▶ fran-: fran, fran-tic ;　-chi-: chi-na, chi-ld;　-se: bu-zz, ja-zz

語意與用法 ▶ franchise 指的是（連鎖店的）經銷權或加盟店。可用 McDonald's / 7-ELEVEN franchises，表示麥當勞或統一超商的加盟店。

例句 ▶ The 7-ELEVEN franchise system is a retail operation with a world-famous trademark.
7-ELEVEN 的加盟制度是擁有全球知名商標的零售事業。

• freelance　自由工作者

發音 ▶ free-: frea-k, free-ze ;　-lance: g-lance, lance

語意與用法 ▶ freelance 指的是自由工作者。可用 freelance writer / photographer，表示自由作家或攝影師。

例句 ▶ The company's ads will be shot by a freelance photographer.
該公司的廣告將由自由攝影師拍攝。

• fundraiser　資金募集者或活動

發音 ▶ fun-: fun, fun-ny ;　-d-: kin-d, fin-d;　-rai-: ray, ra-zor;　-ser: ra-zor, bla-zer

語意與用法 ▶ fundraiser 指的是資金募集者或活動。可接介系詞 for，例如 a fundraiser for AIDS，表示為愛滋病募款的活動。

例句 ▶ The company hosted a fundraiser for the local children's hospital.
這家公司為當地兒童醫院主辦了一場募款活動。

● **goal** 目標、目的

發音 ▶ goa-: go, goa-t ；　-l: ow-l, bow-l

語意與用法 ▶ goal 指的是目標、目的。可用 long-term / short-term goal，表示長期或短期目標。

例句 ▶ The company's short-term goal is to capture 30% of market share.
該公司的短期目標是取得 30% 的市場占有率。

● **headline** 頭條新聞

發音 ▶ h-: h-ad, h-en ；　-ead-: T-ed, b-ed；　-li-: lie, li-ght；　-ne: pi-ne, di-ne

語意與用法 ▶ headline 指的是頭條新聞。可用 make the headlines，表示成為頭條新聞。

例句 ▶ The company's recent success made the headlines.
該公司最近的成就登上了頭條新聞。

● **headquarters** 總部、總公司

發音 ▶ h-: h-ad, h-en ；　-ead-: T-ed, b-ed；　-quar-: quar-rel, quar-ts；　-ters: ac-tors, me-ters

語意與用法 ▶ headquarters 指的是總公司，單複數同形。可用 corporate / company headquarters，
表示企業總部。

例句 ▶ The company's headquartes is located in Hong Kong.
該公司的總部位於香港。

● **industry** 行業

發音 ▶ in-: in-**side**, in; -dus-: exo-**dus**, **Ju**-das; -try: **tri**-o, tapes-**try**

語意與用法 ▶ industry **指的是行業。可用** manufacturing / construction industry，**表示製造業或營建業。**

例句 ▶ The construction industry is an important driver of economic growth.
營建業是經濟成長的重要驅動力。

● **inflation** 通貨膨脹

發音 ▶ in-: in, en-**roll** ; -fla-: fla-**me**, fla-**vor**; -tion: cau-**tion**, mo-**tion**

語意與用法 ▶ inflation **指的是通貨膨脹。可搭配** control **或** reduce，**表示控制或降低通貨膨脹。**

例句 ▶ Central banks usually raise interest rates in order to control inflation.
中央銀行通常會提高利率以控制通膨。

● **inspection** 檢查、檢驗

發音 ▶ ins-: ins-**cribe**, ins-**pire** ; -pec-: as-**pec**-t, res-**pec**-t; -tion: ac-**tion**, edi-**tion**

語意與用法 ▶ inspection **指的是檢查、檢驗。可用** product inspection，**表示產品檢驗。**

例句 ▶ Product inspections must be made before products are shipped from the manufacturer.
產品從製造商出貨之前，必須先進行檢驗。

• investment 投資

發音 ▶ in-: in, en-courage ; -vest-: vest, di-vest; -ment: adjust-ment, mo-ment

語意與用法 ▶ investment 指的是投資。可搭配動詞 make，表示做了某種投資。

例句 ▶ Microsoft's purchase of Skype was the company's largest investment to date.
微軟收購 Skype 是該公司到目前為止最大的投資。

• investor 投資者

發音 ▶ in-: in-able, in-sane ; -ves-: ves-t, di-ves-t; -tor: ac-tor, mo-tor

語意與用法 ▶ investor 指的是投資者。可用 foreign / institutional investors，表示國外或機構的投資者。

例句 ▶ Banks are a type of institutional investors.
銀行是一種機構投資者。

• journalist 記者、新聞工作者

發音 ▶ jour-: jour-nal, jour-ney ; -na-: u-ni-versal, u-ni-ty; -list: fina-list, cel-list

語意與用法 ▶ journalist 指的是記者、新聞工作者。可用 freelance / television / magazine journalists，表示自由、電視或雜誌的記者。

例句 ▶ Facebook has a page dedicated to helping journalists use social networking as a reporting tool.
臉書有專門為記者設計的頁面，幫助他們使用社交網路作為一種報導工具。

● leaflet　傳單、單張宣傳品

發音 ▶ lea-: lea-d, lea-ve ; 　-f-: bee-f, pu-ff; 　- let: lit, lit-tle

語意與用法 ▶ leaflet 指的是傳單、單張宣傳品。可用 produce / distribute leaflets，表示製作或分
發傳單。

例句 ▶ The supermarket chain's sales leaflets are mailed to customers every month.
這家連鎖超市的銷售傳單每個月都會寄給顧客。

● loss　損失、虧損

發音 ▶ lo-: law, lo-g ; 　-ss: ma-ss, ki-ss

語意與用法 ▶ loss 指的是損失、虧損。可用 (decision or investment) lead to loss，表示某項決定或
投資導致損失。

例句 ▶ The company's foreign investment has led to high losses.
該公司在國外的投資已導致高額損失。

● management　管理

發音 ▶ ma-: ma-n, ma-d ; 　-na-: ni-bble, ni-l; 　-ge-: e-dge, oran-ge; 　-ment: adjust-ment, mo-ment

語意與用法 ▶ management 指的是管理。可用 effective / sound management，表示有效的或健全
的管理。

例句 ▶ The company is known for its sound management.
該公司因管理健全而聞名。

● **market** （銷售）市場

發音 ▶ mar-: mar-t, mar-ble ;　-ket: kit, kit-ten

語意與用法 ▶ market 指的是（銷售）市場。可用 domestic / international market，表示國內或國際市場。

例句 ▶ China is considered the world's largest auto market.
中國被視為世界最大的汽車市場。

● **marketing**　行銷、行銷學

發音 ▶ mar-: mar-t, mar-ble ;　-ke-: ki-t, ki-tten ;　-ting: let-ting, figh-ting

語意與用法 ▶ marketing 指的是行銷、行銷學。可用 marketing staff / department / activities，表示行銷人員、部門或活動。

例句 ▶ The company's marketing department is responsible for the production of advertising and promotions.
該公司的行銷部門負責製作廣告與促銷宣傳。

● **media**　媒體、傳媒

發音 ▶ me-: mea-l, mea-t ;　-dia: arca-dia, encyclope-dia

語意與用法 ▶ media 指的是媒體、傳媒。可用 mass media，表示大眾傳播媒體。

例句 ▶ The media has a huge influence in politics.
媒體對政治的影響很大。

● merchandise　商品、貨物

發音 ▶ mer-: mur-der, mer-maid ;　-chan-: for-tune, diges-tion;　-dise: para-dise, dice

語意與用法 ▶ merchandise 指的是商品、貨物。可用 general merchandise，表示一般商品。

例句 ▶ The supermarket carries both food and general merchandise.
這家超市出售食品和一般的商品。

● merger　（公司的）合併、併購

發音 ▶ mer-: mur-der, mer-maid ;　-ger: chan-ger, for-ger

語意與用法 ▶ merger 指的是（公司的）合併、併購。可用 merger between (A and B)，表示兩家公司的合併。

例句 ▶ The biggest merger to date in U.S. history was that of Internet service provider America Online and media giant Time Warner.
到目前為止，美國史上最大併購案是網路服務業者美國線上和媒體巨頭時代華納。

● newscaster　新聞播報員

發音 ▶ new-: new, nu-clear ;　-s-: bu-zz, ma-ze;　-cas-: cas-t, cas-cade ;　-ter: ac-tor, mas-ter

語意與用法 ▶ newscaster 指的是新聞播報員。可用 radio / television newscasters，表示電臺或電視新聞播報員。

例句 ▶ The newscaster's wardrobe is sponsored by a top fashion brand.
這名新聞主播的服飾由頂級時尚品牌所贊助。

● **newsletter** 業務通訊、商務通訊

發音 ▶ new-: new, nu-clear ;　-s-: bu-zz, ma-ze;　-le-: le-d, le-t ;　-tter: ac-tor, mas-ter

語意與用法 ▶ newsletter 指的是業務通訊、商務通訊。可用 issue / distribute newsletters，表示發行或發送通訊。

例句 ▶ The company issues newsletters every quarter.
　　　這家公司每季都發行業務通訊。

● **niche market** 利基市場

發音 ▶ ni-: ni-bble, kni-t ;　-che: chur-ch, mu-ch;　mar-: mar-t, mar-ble ;　-ket: kit, kit-ten

語意與用法 ▶ niche market 指的是利基市場。可用 enter / focus on a niche market，表示進入或致力於一個利基市場。

例句 ▶ The niche market for smartphones is becoming mainstream.
　　　智慧手機的利基市場正成為主流。

● **objective** 目的 、 目標

發音 ▶ ob-: ob-serve, ob-ject ;　-jec-: ab-jec-tive, re-jec-t;　-tive: ac-tive, mo-tive

語意與用法 ▶ objective 指的是目的 、 目標。可用 primary / secondary objectives，表示主要或次要的目標。

例句 ▶ The company's primary objective for the short term is obtaining sustainable growth.
　　　該公司近期的主要目標是持續成長。

• opportunity 機會

發音 ▶ o-: o-ption, o-ptic ; -ppor-: per-cent, per-fume; -tu-: tu-be, Tue-sday;
-nity: affi-nity, frater-nity

語意與用法 ▶ opportunity 指的是機會。可用 career opportunity，表示工作機會。

例句 ▶ The company's trainee program provides job opportunities for new college graduates.
該公司的實習計劃提供大學應屆畢業生就業機會。

• organization 組織

發音 ▶ or-: or, or-der ; -ga-: ga-rage, ci-ga-rette; -ni-: an-ni-versary, u-ni-verse;
-zation: actuali-zation, civili-zation

語意與用法 ▶ organization 指的是組織。可用 international organization，表示國際性組織。

例句 ▶ The Coca-Cola Company is one of the best known international organizations.
可口可樂公司是最著名的國際組織之一。

• outlet 商店、暢貨中心

發音 ▶ out-: out, out-perform ; -let: lit, book-let

語意與用法 ▶ outlet 指的是商店、暢貨中心。可用 retail / discount outlets，表示零售或折價商店。

例句 ▶ Uniqlo aims to open 1000 retail outlets in China over the next 10 years.
優衣庫計畫未來十年在中國開 1000 家零售店。

● outline 大綱

發音 ▶ out-: out, out-side; -line: line, air-line

語意與用法 ▶ outline 指的是大綱。可用 give / provide an outline，表示提供大綱。

例句 ▶ The CEO gave a brief outline of the company's strategic plan.
執行長提出一個有關公司策略計畫的簡要大綱。

● overview 概觀、總覽

發音 ▶ over-: over, over-come; -view: view, pre-view

語意與用法 ▶ overview 指的是概觀、總覽，如 a general / comprehensive overview，表示一般或全面性的總覽。

例句 ▶ The CFO gave a general overview of the company's credit status.
財務長概述該公司的信用狀況。

● percentage 百分比、百分率

發音 ▶ per-: per-form, per-mit; -cen-: cen-ter, cen-tury; -tage: advan-tage, pos-tage

語意與用法 ▶ percentage 指的是百分比、百分率。可用 a large / small percentage of profits，表示占利潤的比例高或低。

例句 ▶ The company consistently spends a large percentage of profits on research and development.
這家公司一直以來都將收益中很大的一部分運用在研發。

● **performance** 表現、成果

發音 ▶ per-: per-cent, per-mit ; -for-: for-m, for-mal; -mance: affir-mance

語意與用法 ▶ performance 指的是表現、成果。可用 sales / financial performance，**表示公司的銷售或財務表現。**

例句 ▶ The company's financial performance has improved over the years.
這幾年來公司的財務表現已有改善。

● **plan** 計劃、方案

發音 ▶ pla-: pla-net, pla-nt ; -n: cla-n, pla-ne

語意與用法 ▶ plan 指的是計劃、方案。可用 business / marketing plan，**表示營運或行銷計劃。**

例句 ▶ LG announced a multi-million dollar marketing plan to promote its technologies in the UK.
樂金公布了數百萬美元的行銷計劃，將在英國宣傳旗下的技術。

● **planner** 計劃者

發音 ▶ plan-: plan, plan-t ; -ner: cor-ner, din-ner

語意與用法 ▶ planner 指的是計劃者。可用 financial planners，**表示理財專員。**

例句 ▶ A financial planner helps customers deal with various personal finance issues.
理財專員協助客戶處理各種個人財務問題。

● **politician** 政治家、從事政治者

發音 ▶ po-: po-t, pa-r ; -li-: bio-lo-gy, di-li-gent; -tician: beau-tician, op-tician

語意與用法 ▶ politician 指的是政治家、從事政治者。可用 experienced / retired politicians，表示經驗豐富或已經退休的政治家。

例句 ▶ Politicians with good connections may be hired to lobby for industries.
人脈很廣的政治家也許會受聘為企業進行疏通或遊說。

● **poll** 民調、民意測驗

發音 ▶ po-: po-le, po-lo ; -ll: ba-ll, ca-ll

語意與用法 ▶ poll 指的是民調、民意測驗。可搭配動詞 show 或 indicate 表示民調「顯示」。

例句 ▶ The opinion poll shows that TSMC is one of Taiwan's most admired enterprises.
民調顯示臺積電是臺灣最受欽羨的企業之一。

● **possibility** 可能性

發音 ▶ po-: po-t, pa-r ; -ssi-: ac-ci-dental, in-ci-dent; -bility: a-bility, flexi-bility

語意與用法 ▶ possibility 指的是可能性。可用 a strong / remote possibility，表示可能性很大或微乎其微。

例句 ▶ There is a strong possibility that the product will become a big seller on the Internet.
該產品成為網路熱賣品的可能性非常高。

● preparation 準備、預備

發音 ▶ pre-: pre-sent, pre-cious ; -pa-: pa-rade, pa-trol; -ration: corpo-ration, ope-ration

語意與用法 ▶ preparation 指的是準備、預備。可搭配動詞 require，表示需要準備。

例句 ▶ The new product launch requires months of preparation.
新產品上市需要幾個月的準備。

● prerequisite 先決條件、前提

發音 ▶ pre-: pre-pare, pre-vious ; -re-: re-d, re-cord; -qui-: e-qui-librium, e-qua-lization;
-site: compo-site, zit

語意與用法 ▶ prereqisite 指的是先決條件、前提，後面通常搭配介系詞 for，表示為了達到某種目的前提。

例句 ▶ Innovation is a prerequisite for product success.
創新是產品成功的先決條件。

● press 新聞界

發音 ▶ pre-: pre-sent, pre-cious ; -ss: ba-ss, pa-ss

語意與用法 ▶ press 指的是新聞界。可用 a press release，表示新聞稿。

例句 ▶ The company issued a press release to announce the appointment of a new general manager.
該公司發出新聞稿，宣布新上任的總經理。

● **product** 產品

發音 ▶ pro-: pro-fit, pro-ctor ; -duct: con-duct, de-duct

語意與用法 ▶ product 指的是**產品**。可用 software / dairy products，表示軟體商品或乳製品。

例句 ▶ The company specializes in software products that allow users to recover lost files.
該公司專門開發讓使用者可以恢復遺失檔案的軟體產品。

● **profit** 利潤、收益

發音 ▶ pro-: pro-duct, pro-blem ; -fit: fit, fit-ness

語意與用法 ▶ profit 指的是**利潤、收益**。可搭配動詞 generate 或 make，表示產生利潤。

例句 ▶ Improving profits is one of the main objectives of any business.
提高利潤是每間公司的主要目標之一。

● **program** 計畫、方案

發音 ▶ pro-: pro-fession, pro; -gram: tele-gram, gram-mar

語意與用法 ▶ program 指的是**計劃、方案**。可用 sales / marketing programs，表示銷售或行銷計畫。

例句 ▶ The company developed a very aggressive sales program to distribute its products in different parts of the world.
這家公司制訂了非常積極的銷售方案，以期將產品鋪貨到世界各地。

● **progression**　前進、發展

發音 ▶ pro-: pro-**fession**, pro-**cession** ;　-gres-: ag-gres-**sive**, di-gress;　-sion: mis-**sion**, ten-sion

語意與用法 ▶ progression **指的是前進、發展。可用** the progression of (thing)，**表示某件事的進
展。**

例句 ▶ The progression of a product's life cycle is determined by many factors.
產品週期的進展取決於許多因素。

● **project**　專案、企劃

發音 ▶ pro-: pro-**gress**, pro-**cess** ;　-ject: ob-ject, re-ject

語意與用法 ▶ project **指的是專案、企劃。可搭配動詞片語** work on / involve in，**表示參與某項
企劃。**

例句 ▶ The marketing manager has spent several months working on the new product development
project.
行銷經理花了幾個月的時間進行新的產品開發專案。

● **proposal**　提案、建議

發音 ▶ pro-: pro-**fessional**, pro-**motion** ;　-po-: po-le, po-lo;　-sal: fi-zzle, na-sal

語意與用法 ▶ proposal **指的是提案、建議。可搭配動詞** submit / accept / implement，**表示呈遞、
接受、執行一項提議。**

例句 ▶ The junior sales executive's proposal was accepted by top management.
管理高層接受了這位菜鳥銷售人員的提議。

• **prospects** 前景、前途

發音 ▶ pros-: pros-per, pros-trate；　-pects: as-pects, s-pecks

語意與用法 ▶ prospects 指的是前景、前途，恆用複數形。可用 good prospects，表示好的前景。

例句 ▶ Investors are excited about the prospects of social networking companies.
　　　　投資者都對社群網站公司的前景感到興奮。

• **prospectus** 招股說明書

發音 ▶ pros-: pros-per, pros-trate；　-pec-: as-pec-t, res-pec-t；　-tus: cac-tus, fe-tus

語意與用法 ▶ prospectus 指的是招股說明書。可搭配動詞 provide，表示此說明書提供某些資料。

例句 ▶ A prospectus provides investors with information about an individual securities offering.
　　　　招股說明書提供投資人某一有價證券的資訊。

• **publication** 出版、發行

發音 ▶ pub-: pub, pub-lish；　-li-: li-t, li-nt；　-cation: lo-cation, va-cation

語意與用法 ▶ publication 指的是出版、發行。可搭配動詞 begin 或 cease，表示開始或停止發行。

例句 ▶ The company's print catalogue has ceased publication.
　　　　該公司的印刷目錄已經停止出版。

● **publicity** 宣傳、宣揚

發音 ▶ pub-: pub, pub-lish ; -li-: li-t, li-nt ; -city: capa-city, electri-city

語意與用法 ▶ publicity 指的是宣傳、宣揚。可搭配動詞 attract 或 avoid，表示吸引或避免公眾的注意。

例句 ▶ The company has launched a publicity campaign for the new product.
公司已開始新產品的宣傳活動。

● **publisher** 發行者、出版商

發音 ▶ pub-: pub, pub-lish ; -li-: li-t, li-nt ; -sher: fi-sher-man, u-sher

語意與用法 ▶ publisher 指的是發行者、出版商，如 book / magazine / newspaper publishers，表示圖書、雜誌、報紙的發行者。

例句 ▶ The newspaper publisher has been able to increase its business despite competition from online media.
儘管網路媒體的競爭，這家報紙出版商仍然能夠擴大事業。

● **quarter** 季、四分之一

發音 ▶ quar-: quar-rel, quar-te ; -ter: en-ter, me-ter

語意與用法 ▶ quarter 指的是季、四分之一。可用 last / every quarter，表示上一季或每季。

例句 ▶ The company's sales increased 30% last quarter.
上一季該公司的銷售額增加了30%。

● **questionnaire** 問卷、調查表

發音 ▶ ques-: ques-t, ques-tion ; -tionn-: mo-tion, men-tion; -aire: air, h-eir

語意與用法 ▶ questionnaire 指的是問卷、調查表。可搭配動詞 design 或 answer，表示設計或回答問卷。

例句 ▶ Shoppers who answer the questionnaire will receive a free product sample.
回答問卷的顧客會收到免費的試用產品。

● **quote** 報價、開價

發音 ▶ quo-: quo-ta, quo-tation ; -te: a-te, la-te

語意與用法 ▶ quote 指的是報價、開價。可搭配動詞 accept 或 reject，表示接受或拒絕報價。

例句 ▶ The marketing manager accepted the advertising firm's quote.
行銷經理接受廣告公司的報價。

● **remark** 談論、評論

發音 ▶ re-: re-fuse, re-read ; -mark: mark, bench-mark

語意與用法 ▶ remark 指的是談論、評論，例如 opening / concluding remarks，表示開場或最後的致詞。

例句 ▶ The president's opening remarks at the national sales conference were very inspiring.
總裁在全國銷售大會的開場致詞非常激勵人心。

● **reporter** 記者

發音 ▶ re-: re-port, re-peat ; -por-: por-k, por-t ; -ter: lat-ter, mat-ter

語意與用法 ▶ reporter **指的是記者，例如** a business / financial / fashion reporter，**表示商業、財金或時尚記者。**

例句 ▶ The business reporter gave a favorable review of the company's new product.
商業記者對公司新產品的評價良好。

● **representative** 代表、代理人

發音 ▶ re-: re-d, re-nt ; -pre-: prea-ch, pre-fer; -sen-: re-sen-t, zen; -tative: ten-tative, preven-tative

語意與用法 ▶ representative **指的是代表、代理人，如** company / government / industry representatives，**表示公司、政府、產業代表。**

例句 ▶ She is the company's representative at the trade show.
她是公司在貿易展的代表。

● **sales** 銷售、營業額

發音 ▶ sa-: sai-l, say ; -le: pa-le, fi-le ; -s: z-ebra

語意與用法 ▶ sales **指的是銷售、營業額，而** a sales representative / manager，**表示業務代表或經理。**

例句 ▶ He is the sales representative for this area.
他是這區的業務代表。

● **scale** 大小、規模

發音 ▶ s-: s-core, s-port ; -ca-: sc-am, e-sc-ape; -le: pa-le, vai-l

語意與用法 ▶ scale 指的是大小、規模，例如 large / small scale，表示大規模或小規模。

例句 ▶ The scale of this new product campaign was impressive.
　　　這個新產品宣傳活動的規模令人印象深刻。

● **schedule** 時間表、計劃表

發音 ▶ sch-: sch-ool, sch-eme ; -du-: mo-du-le, indivi-du-al; -le: do-ll, due-l

語意與用法 ▶ schedule 指的是時間表、計劃表。可搭配形容詞 tight，表示緊湊的行程。

例句 ▶ They have planned a tight schedule for the product launch.
　　　他們安排了一個緊湊的產品上市計劃。

● **shareholder** 股東

發音 ▶ sh-: sh-ell, sh-all ; -are-: h-are, h-eir ; -hol-: hole, whol-e; -der: bol-der, ol-der

語意與用法 ▶ shareholder 指的是股東，例如 major shareholders 表示大股東；institutional
　　　　　shareholders 表示機構股東。

例句 ▶ A public company has thousands of shareholders.
　　　一家上市公司有成千上萬的股東。

● **sponsor** 贊助者

發音 ▶ sp-: sp-orts, sp-oon ;   -on-: on, p-on-d;   -sor: cen-sor, sir

語意與用法 ▶ sponsor 指的是贊助者，例如 major sponsors 表示主要贊助者；exclusive sponsors 表示獨家贊助者。

例句 ▶ The company is a major sponsor of the charitable event.
該公司是這場慈善活動的主要贊助商。

● **strategy** 策略、對策

發音 ▶ stra-: stra-p, stra-nd ;   -te-: to-bacco, to-morrow;   -gy: ed-gy, ener-gy

語意與用法 ▶ strategy 指的是策略、對策，例如 a sales / marketing strategy，表示銷售或行銷策略。

例句 ▶ The company is known for its innovative marketing strategies.
該公司以創新的行銷策略聞名。

● **survey** 調查、調查報告

發音 ▶ sur-: sur-plus, ser-mon ;   -vey: con-vey, in-va-de

語意與用法 ▶ survey 指的是調查、調查報告。可用 a user survey，表示使用者調查。

例句 ▶ The car company regularly conducts user surveys to ensure that service is satisfactory.
汽車公司定期進行使用者調查，以確保服務令人滿意。

● **target** 目標、對象

發音 ▶ tar-: tar, tar-t ; -get: nu-gget, guit-ar

語意與用法 ▶ target 指的是目標、對象，如 target customers / consumers 表示目標客戶或消費群。

例句 ▶ The product advertisement is designed to attract target consumers.
該產品廣告的目的在於吸引目標消費群。

● **trend** 趨勢、傾向

發音 ▶ tre-: tre-k, trea-sure ; -nd: be-nd, te-nd

語意與用法 ▶ trend 指的是趨勢、傾向。可搭配形容詞 upward 或 growing，表示向上或成長的趨勢。

例句 ▶ Company sales show an upward trend.
公司的銷售量呈上升趨勢。

● **turnover** 營業額、交易額

發音 ▶ turn-: turn-around, turn-table ; -over: over, change-over

語意與用法 ▶ turnover 指的是營業額、交易額。可搭配形容詞 weekly 或 monthly，表示每週或每月的營業額。

例句 ▶ The retail store has a monthly turnover of 10,000 dollars.
這家零售商店每個月的營業額達一萬美元。

● **venture** 企業

發音 ▶ ven-: ven, ven-**dor** ;   -ture: adven-ture, cap-ture

語意與用法 ▶ venture **指的是企業**，例如 a joint venture **表示合資企業**；venture capital **則指創業投**
資。

例句 ▶ The start-up company has attracted several venture capital funds.
這家剛成立的公司已吸引了幾家創業投資基金。

● **yield** 收益、利潤

發音 ▶ yie-: yea-r, yea-st ;   -ld: mi-ld, wi-ld

語意與用法 ▶ yield **指的是收益、利潤**，如 average yield **表示平均收益。**

例句 ▶ The average yield on a stock investment is 10%.
股票投資的平均收益為 10%。

VOCABULARY FOR LIFE 一生必學的英文單字

企劃行銷篇
其他詞類

● approximate 估計的、大概的

發音 ▶ a-: a-pply, a-ppoint ;　-ppro-: pro-p, pro-per;　-xi-: a-cci-dental, e-xhi-bition ;
　　　-mate: ad-mit, com-mit

語意與用法 ▶ approximate **指的是估計的、大概的，可用** the approximate value of the brand，**表示品牌大概的價值。**

例句 ▶ The approximate value of a brand is calculated by discounting the projected brand earnings from the present value.
品牌大概的價值是從現值折算預計的品牌收益而計算出來的。

● average 平均的、一般的

發音 ▶ a-: a-pple, a-tom ;　-ve-: va-riety, ve-neer ;　-rage: cou-rage, ridge

語意與用法 ▶ average **指的是平均的、一般的。可用** the average time of delivery，**表示平均的送貨時間。**

例句 ▶ With improved logistics, the company's average unit cost has been reduced by 10%.
經過改善物流，這家公司的平均單位成本已經減少 10%。

● consequently 因此、必然地

發音 ▶ con-: con-cert, con-text;　-se-: se-lect, su-rrender;　-quently: elo-quently, fre-quently

語意與用法 ▶ consequently **指的是因此、必然地，是副詞，不能當連接詞使用。**

例句 ▶ TV commercials are expensive. Consequently, only major brands can afford to advertise on TV.
電視廣告很昂貴。因此，只有大品牌能在電視上打廣告。

● considerable　相當大的、相當多的

發音 ▶ con-: con-**cede**, con-**sistent** ;　-si-: ci-**ty**, si-**t** ;　-der-: dir-**ect**, dir-**ectory** ;
　　　　-able: dur-able, honor-able

語意與用法 ▶ considerable 指的是相當大的、相當多的。可用 a considerable amount of time / money / manpower 表示相當多的時間、金錢、人力資源。

例句 ▶ The marketing staff has spent a considerable amount of time on this new product campaign.
　　　行銷部的人在這個新產品的宣傳活動上花了相當多的時間。

● economic　經濟上的、經濟學的

發音 ▶ e-: ea-**sy**, e-**ve** ;　-co-: ca-**fe**, ca-**reer** ;　-no-: no-**d**, no-**t** ;　-mic: co-mic, rhyth-mic

語意與用法 ▶ economic 指的是經濟上的、經濟學的。可用 economic growth / development / crisis，表示經濟成長、發展或危機。

例句 ▶ Automobile sales have been helped by China's continuous economic growth.
　　　汽車銷售因為中國經濟持續成長而受益。

● effective　有效的、有作用的

發音 ▶ e-: e-**ject**, e-**lect** ;　-ffec-: a-ffec-**t**, de-fec-**t** ;　-tive: ac-tive, cap-tive

語意與用法 ▶ effective 指的是有效的、有作用的。可用 effective means / strategy / management，表示有效的方法、策略或管理。

例句 ▶ Training workshops can equip new supervisors with tools for effective management.
　　　訓練課程可以幫助新主管了解有效管理的方法。

● **exclusively**　專門地、獨占地

發音 ▶ ex-: ex-cuse, ex-press；　-clu-: clue, in-clu-de；　-sively: aggres-sively, pas-sively

語意與用法 ▶ exclusively 指的是專門地、獨占地。可搭配介系詞 for + (purpose)，表示專門為了某種特定用途。

例句 ▶ The fund is set aside exclusively for corporate social responsibility and charitable purposes.
這個基金是專門為企業社會責任與慈善用途而設立的。

● **financial**　財務的、金融的

發音 ▶ fi-: fi-ght, fi-nal；　-nan-: nan-ny, Nan-cy；　-cial: commer-cial, spe-cial

語意與用法 ▶ financial 指的是財務的、金融的。可用 financial services / institutions / markets，表示金融服務、機構或市場。

例句 ▶ Due to deregulation, financial institutions in Taiwan provide a wider range of services than before.
因為解除管制，臺灣的金融機構提供比以前更廣泛的服務。

● **fundraising**　募款的、籌款的

發音 ▶ fun-: fun, fun-nel；　-d-: bon-d, pon-d；　-rai-: ray, rai-d；　-sing: clo-sing, choo-sing

語意與用法 ▶ fundraising 指的是募款的、籌款的。可用 fundraising efforts / event / campaign，表示募款的努力及活動。

例句 ▶ During the economic downturn, the company's year-end party became a fundraising dinner for charitable causes.
不景氣的時候，該公司的尾牙成為慈善募款晚宴。

• **industrial** 工業的、產業的

發音 ▶ in-: in, in-land ; -dus-: dus-k, dus-t ; -tri-: tri-ck, tri-m ; -al: cere-al, di-al

語意與用法 ▶ industrial 指的是工業的、產業的。可用 industrial sector / waste / goods，表示產業
部門、工業廢棄物、工業用品。

例句 ▶ The company mainly produces industrial goods.
這家公司主要生產工業產品。

• **influential** 有影響的、有權勢的

發音 ▶ in-: in, in-side ; -flu-: flew, flu; -en-: en-d, en-ter ; -tial: commer-cial, fa-cial

語意與用法 ▶ influential 指的是有影響的、有權勢的。可用 influential figure / group / role，表示有
影響力的人物、團體或角色。

例句 ▶ It's generally agreed that Steve Jobs played an influential role in Apple's success.
大家普遍認同蘋果公司能夠成功，賈伯斯扮演了舉足輕重的角色。

• **initial** 開始的、最初的

發音 ▶ i-: i-diot, i-t ; -ni-: ni-ckname, ni-p ; -tial: offi-cial, ra-cial

語意與用法 ▶ initial 指的是開始的、最初的。可用 initial assessment / stage / impact，表示最初的
評估、初期階段、最初的影響。

例句 ▶ Most firms don't expect to generate profits in the initial stages of operations.
大多數公司並不期待在營運初期就可以獲利。

• **innovative** 創新的

發音 ▶ in-: in, in-ner ;　-no-: no, know ;　-va-: va-se, vai-n;　-tive: ac-tive, cap-tive

語意與用法 ▶ innovative 指的是創新的。可用 innovative approach / design / product，表示創新的
方法、設計、產品。

例句 ▶ Ikea's success is built on its innovative designs and low prices.
宜室宜家的成功奠基於創新的設計和低廉的價格。

• **ongoing** 前進的、進行的

發音 ▶ on-: on-to, b-on-d ;　-go-: go, a-go ;　-ing: s-ing, str-ing

語意與用法 ▶ ongoing 指的是前進的、進行的。可用 ongoing process / maintenance /
negotiation，表示持續進行的過程、維護、協商。

例句 ▶ Product innovation should be an ongoing process aimed at satisfying consumers' ever-changing
needs.
產品創新應是持續不懈的過程，旨在滿足消費者不斷變化的需求。

• **pending** 即將來臨的、懸而未決的

發音 ▶ pen-: pen, pen-cil ;　-ding: atten-ding, fun-ding

語意與用法 ▶ pending 指的是即將來臨的、懸而未決的。可用 the decision / negotiation is
pending，表示決定或協商仍在進行中，尚未定案。

例句 ▶ The company's decision to purchase a local distributor is still pending.
該公司是否決定併購一家當地經銷商仍懸而未決。

● **potential** 潛在的、可能的

發音 ▶ po-: po-lite, po-litical ; -ten-: ten, ten-d ; -tial: ini-tial, offi-cial

語意與用法 ▶ potential 指的是潛在的、可能的。可用 potential customers / consumers / problems / benefits，表示潛在的客戶、消費者、問題或利益。

例句 ▶ The potential benfits of this investment will not be realized for a few years.
這項投資的潛在優點要幾年後才會顯現。

● **preliminary** 初步的、預備的

發音 ▶ pre-: pre-fer, pre-mium ; -li-: li-d, li-t ; -mi-: mi-ss, mi-x ; -nary: ordi-nary, statio-nary

語意與用法 ▶ preliminary 指的是初步的、預備的。可用 preliminary analysis / result / work，表示初步的分析、結果、準備工作。

例句 ▶ The preliminary user survey results indicate that the company's new product will be a success.
初步的使用者調查結果顯示，該公司的新產品將會成功。

● **primary** 首要的、主要的

發音 ▶ pri-: pri-de, pri-vate ; -ma-: Ma-ry, me-rry; -ry: sor-ry, ve-ry

語意與用法 ▶ primary 指的是首要的、主要的。可用 primary purpose / objective / aim，表示主要的目標。

例句 ▶ The primary aim of this advertising campaign is to attract new and younger users to buy our products.
這次廣告宣傳的主要目的是吸引新的年輕使用者購買我們的產品。

🎧 1-28

● **profitable** 可獲利的、有利潤的

發音 ▶ pro-: pro-duct, pro-sper ; -fi-: fi-t, fi-lm ; -table: irri-table, por-table

語意與用法 ▶ profitable 指的是可獲利的、有利潤的。可用 profitable business / market / company，表示有獲利的生意、公司或市場。

例句 ▶ Starting a consignment shop has the potential to turn into a profitable business.
開寄售商店有潛力變成一門可獲利的生意。

● **quarterly** 每季的、一季一次的

發音 ▶ quar-: quar-t, quar-rel ; -ter-: fac-tor, mat-ter; -ly: active-ly, bul-ly

語意與用法 ▶ quarterly 指的是每季的、一季一次的。可用 quarterly sales / forecast，表示當季的銷售或預估。

例句 ▶ Thanks to the new product launch, the company's quarterly sales reached a peak in December.
多虧了新品上市，該公司的季銷售額於 12 月達到高峰。

● **stable** 穩定的、平穩的

發音 ▶ sta-: stay, sta-te ; -ble: a-ble, ta-ble

語意與用法 ▶ stable 指的是穩定的、平穩的。可用 stable economy / growth / supply，表示穩定的經濟狀況、成長、供應。

例句 ▶ Under the new management, the company has enjoyed stable and sustainable growth.
在新管理團隊的帶領之下，這家公司穩定持續的成長。

VOCABULARY FOR LIFE 一生必學的英文單字

談判合作篇
動詞

● **avail** 有用於、有助於

發音 ▶ a-: a-verse, a-venge ;　-vail: veil, pre-vail

語意與用法 ▶ avail 指的是有用於、有助於。可用 avail + 人，表示帶給某人的利益或優勢。

例句 ▶ All our efforts availed us little in trying to reach an agreement in the negotiations.
　　　我們所有的努力，在談判中試圖達成協議的幫助不大。

● **assent** 同意、贊成

發音 ▶ as-: as-sault, as-set ;　-sent: con-sent, dis-sent

語意與用法 ▶ assent 指的是同意、贊成。可用 assent + to + V / N，表示同意去執行某事。

例句 ▶ The negotiating parties assent to figure out a solution through mediation.
　　　談判雙方同意經由調解找出解決之道。

● **authorize** 授權、委託

發音 ▶ au-: Au-gust, au-dit ;　-tho-: au-thu-ress, tha-lassic;　-rize: p-rize, vapo-rize

語意與用法 ▶ authorize 指的是授權、委託。可用 be authorized to act on behalf of (person)，表示
　　　　　　被授權代理某人職務。

例句 ▶ The marketing manager was authorized to act on behalf of the general manager during his
　　　vacation.
　　　行銷經理被授權在總經理休假期間代理其職務。

● **calculate** 計算、估算

發音 ▶ cal-: cal-lus, cal-sium ; -cu-: cu-re, cu-te ; -late: be-late, re-late

語意與用法 ▶ calculate 指的是計算、估算。可用 calculate the risk，表示計算或估算風險。

例句 ▶ Both parties have to calculate the risks of delaying the project if they can't reach a concensus.
如果雙方無法獲得共識，必須估算專案延遲的風險。

● **coact** 一起做

發音 ▶ co-: co-worker, co-operate ; -act: act, f-act

語意與用法 ▶ coact 指的是一起做。可用 countries / companies coact...，表示多個國家或公司一起做。

例句 ▶ Trading companies are coacting in their efforts to lower import taxes.
貿易公司共同致力降低進口關稅。

● **consent** 同意、贊成

發音 ▶ con-: con-cise, con-clude ; -sent: as-sent, sent

語意與用法 ▶ consent 指的是同意、贊成。可用 consent to + 名詞，表示同意某事。

例句 ▶ The sales VP consents to the price cut requested by regional distributors.
業務副總裁同意依區域經銷商的要求降價。

● **cooperate** 合作、配合

發音 ▶ co-: coa-t, coa-ch ; -o-: o-pera, o-bvious ; -pe-: pa-rade, po-lice; -rate-: rate, i-rate

語意與用法 ▶ cooperate 指的是合作、配合。可用 cooperate + to + 動詞，表示同心協力合作，一起完成某件事。

例句 ▶ All the retail stores cooperated to negotiate better distribution terms with the manufacturer.
所有的零售商店一起合作，向製造商爭取更好的經銷條件。

● **curtail** 縮減、削減

發音 ▶ cur-: cur-tain, cur-ly; -tail: tail, re-tail

語意與用法 ▶ curtail 指的是縮減、削減。可用 curtail spending，表示縮減開支。

例句 ▶ The government hopes to curtail spending by reducing city hall's electricity bill.
政府希望藉由降低市政廳的電費削減開支。

● **decide** 決定、下決心

發音 ▶ de-: de-pend, de-mand; -ci-: si-de, si-ze; -de: fin-d, min-d

語意與用法 ▶ decide 指的是決定、下決心。可用 decide + wh- 子句，表示做了某項決定。

例句 ▶ The company has not decided who will represent the firm to negotiate with the vendor.
該公司尚未決定由誰代表公司與供應商進行談判。

• **declare**　宣布、聲明

發音 ▶ de-: de-cide, de-part;　-cl-: cl-ose, cl-ap;　-are: air, h-eir

語意與用法 ▶ declare 指的是宣布、聲明。可用 declare + 名詞或 that 子句，表示宣稱某件事。

例句 ▶ The pilots' union declared itself the winner of the contract in negotiations with United Airlines.
機師工會宣布與聯合航空的合約談判獲勝。

• **deduct**　扣除、減除

發音 ▶ de-: de-clare, de-liver ;　-duct: ab-duct, con-duct

語意與用法 ▶ deduct 指的是扣除、減除。可用 deduct cost / expense，表示扣除成本或費用。

例句 ▶ If you use your car for business, you may be able to deduct your vehicle expenses from your taxes.
如果你用你的汽車做生意，繳稅時汽車費用或許可以扣除。

• **dissent**　不同意、持異議

發音 ▶ dis-: dis-cern, des-cend;　-sent: as-sent, sent

語意與用法 ▶ dissent 指的是不同意、持異議。可用 dissent from the majority decision，表示對多數贊同的決定持異議。

例句 ▶ One board member dissented from the majority decision.
一名董事會成員不同意此多數贊同的決定。

• **expire** 期滿、（期限）終止

發音 ▶ ex-: ex-pect, ex-ist ; -pi-: pie, pi-lot; -re: ai-r, li-ar

語意與用法 ▶ expire 指的是期滿、（期限）終止。可用 expire on + 日期，表示某日到期。

例句 ▶ The lease contract will expire on December 31 of this year.
租約將於今年 12 月 31 日到期。

• **forbid** 禁止、不允許

發音 ▶ for-: for-give, for-get ; -bid: bid, bid-der

語意與用法 ▶ forbid 指的是禁止、不允許。須用 forbid + N / V-ing，表示禁止做某事。

例句 ▶ The law forbids lying in any part of negotiating.
法律禁止在談判的任何時候說謊。

• **impose** 徵（稅）

發音 ▶ im-: im-port, im-pact; -po-: po-le, po-st; -se: bu-zz, si-ze

語意與用法 ▶ impose 指的是徵收、課稅。可用 impose a tax on luxury goods，表示徵收奢侈稅。

例句 ▶ The government imposes a heavy tax on imported luxury cars.
政府針對進口豪華車輛課以重稅。

● **legalize** 使合法化

發音 ▶ le-: lea-d, lea-p;　-gal-: an-gle, ea-gle;　-ize: civil-ize, general-ize

語意與用法 ▶ legalize 指的是使合法化。可用 legalize the organ trade，表示使器官交易合法化。

例句 ▶ Some people believe the government should legalize the organ trade.
　　　有些人認為政府應使器官交易合法化。

● **level off** 趨於穩定

發音 ▶ le-: le-d, le-ss ;　-vel: gra-vel, no-vel;　o- : o-ften, o-r;　-ff : f-it, lea-f

語意與用法 ▶ level off 意指穩定，可用 begin to level off，表示開始趨於穩定。

例句 ▶ The economic downturn has begun to level off.
　　　經濟衰退已開始穩定下來。

● **negotiate** 談判、協商

發音 ▶ ne-: ni-p, ni-bble;　-go-: go, go-ld;　-tiate: ini-tiate, differen-tiate

語意與用法 ▶ negotiate 指的是談判、協商。negotiate + with + 人，指與某人談判。

例句 ▶ Management agrees to negotiate with the labor union.
　　　資方同意與工會進行談判。

● **offer**　提供、提議

發音 ▶ of-: of-ten, off ;　-fer: gol-fer, suf-fer

語意與用法 ▶ offer 指的是提供、提議。可用 offer + to + V，表示提議、願意做某件事。

例句 ▶ The labor union offered to make a concession.
工會表示願意讓步。

● **predetermine**　預先決定、預先確定

發音 ▶ pre-: pre-fer, pre-mium;　-de-: de-ter, de-fer;　-ter-: ter-m, ter-minal;
-mine: exa-mine, fa-mine

語意與用法 ▶ predetermine 指的是預先決定、預先確定。可用 predetermine + answer + (to + N)，
表示事先決定好……的答案。

例句 ▶ The sales manager predetermined his answer to the distributor's offer.
業務經理對經銷商開出的條件已有預設答案。

● **promise**　允諾、答應

發音 ▶ pro-: pro-duct, pro-p;　-mise: miss, dis-miss

語意與用法 ▶ promise 指的是允諾、答應。可用 promise + to + V，表示允諾要做某事。

例句 ▶ The management promised not to reduce the workforce this year.
資方承諾今年不會削減人力。

● reconsider　重新考慮

發音 ▶ re-: re-member, re-turn;　-con-: con-fuse, con-sign;　-si-: ci-vil, ci-trus;　-der: or-der, ol-der

語意與用法 ▶ reconsider 指的是重新考慮。可用 reconsider + N / Ving，表示重新考慮某件事。

例句 ▶ Rising production costs have made manufacturers reconsider overseas sourcing.
　　　生產成本上升讓製造商重新考慮海外採購。

● remit　豁免、免除

發音 ▶ re-: re-turn, re-ply;　-mit: per-mit, com-mit

語意與用法 ▶ remit 指的是豁免、免除，如稅捐或處罰 + be remitted，表示稅已被免除。

例句 ▶ Due to the new trade agreement, certain import taxes have been remitted.
　　　由於新的貿易協定，某些進口稅收已免除。

● renew　准予（合約）展期、續約

發音 ▶ re-: re-member, re-dundant ;　-new: new, k-new

語意與用法 ▶ renew 意指准予（合約）展期、續約。可用 the contract + be renewed，表示續約。

例句 ▶ After negotiations, the contract was renewed for another two years.
　　　經過談判，這份契約再續約兩年。

● **represent**　代表

發音 ▶ re-: re-d, re-putation ;　-pre-: pre-view, pre-pare ;　-sent: pre-sent, re-sent

語意與用法 ▶ represent 意指代表；人 + represent the company，表示某人代表公司。

例句 ▶ The finance manager will represent the company to negotiate the bank loan.
財務經理將代表公司洽談銀行貸款。

● **revise**　修正、修改

發音 ▶ re-: re-port, re-imburse ;　-vise: de-vise, impro-vise

語意與用法 ▶ revise 指的是修正、修改。可用 revise the contract，表示修訂合約。

例句 ▶ The company's employment contract was revised to include better terms for maternity leave.
公司的僱傭合約已修訂，提供了更優惠的產假條件。

● **submit**　提交、呈遞

發音 ▶ sub-: sub-way, sub-let ;　-mit: per-mit, re-mit

語意與用法 ▶ submit 意指提交、呈遞；可用 submit a proposal 表示提案。

例句 ▶ During contract negotiations, the regional distributor submitted a proposal to expand market share.
在合約談判中，區域經銷商提出擴大市占率的提案。

● **terminate** 使停止、使終止

發音 ▶ ter-: ter-m, tur-n ; -mi-: mi-d, mi-ss; -nate: do-nate, alter-nate

語意與用法 ▶ terminate 指的是使停止、使終止。可用 terminate the contract，表示終止合約。

例句 ▶ They decided to terminate the outsourcing contract.
　　　他們決定終止外包合約。

VOCABULARY 一生必學的
FOR LIFE 英文單字

談判合作篇

名詞

● agreement　協議、協定

發音 ▶ a-: a-gainst, a-ggressive ;　gree-: gree-d, gree-n;　-ment: mo-ment, advertise-ment

語意與用法 ▶ agreement 指的是協議、協定。可用 reach an agreement，表示達成協議。

例句 ▶ The management and factory workers have reached an agreement on pay raise.
　　　資方和工廠工人已達成加薪的協議。

● amount　總數、總額

發音 ▶ a-: a-maze, a-mend ;　-mount: dis-mount, para-mount

語意與用法 ▶ amount 指的是總數、總額。可用 a small amount 表示少量。

例句 ▶ Even a small amount of preparation can help lead to successful negotiations.
　　　即使少量的準備工作也有助於談判成功。

● attorney　律師

發音 ▶ a-: a-ttack, a-gree ;　-ttor-: tur-bo, tur-moil;　-ney: chim-ney, kid-ney

語意與用法 ▶ attorney 意指律師，例如 business attorney 即指商業律師。

例句 ▶ Business attorneys often represent companies in negotiations.
　　　商業律師常代表公司進行談判。

● **audit** 稽核

發音 ▶ au-: au-tumn, Au-gust ; -dit: ban-dit, pun-dit

語意與用法 ▶ audit 意指稽核，可用 vendor audit 表示廠商稽核。

例句 ▶ Many companies conduct regular vendor audits.
許多公司定期舉行廠商稽核。

● **authority** 權力、權威

發音 ▶ au-: a-ccuse, a-cross ; -tho-: Tho-r, tho-rn; -rity: prio-rity, cha-rity

語意與用法 ▶ authority 指的是權力、權威，without authority 則表示沒有權威。

例句 ▶ It's difficult to negotiate if you have no authority.
沒有權力的話談判會很困難。

● **citizen** 公民、市民

發音 ▶ ci-: si-t, ci-ty ; -ti-: to-day, to-night; -zen: poi-son, sea-son

語意與用法 ▶ citizen 意指公民；可用 global citizen 表示全球公民。

例句 ▶ As global citizens, we should learn to respect cultural difference.
身為全球公民，我們應該學會尊重文化差異。

● **client** 客戶

發音 ▶ cli-: cli-mate, cli-mb ; -ent: ten-ant, tal-ent

語意與用法 ▶ client 意指客戶，可用 major clients 表示主要客戶。

例句 ▶ Many companies have a dedicated sales force for servicing major clients.
許多公司有專門的銷售人員，服務主要客戶。

● **commission** 佣金

發音 ▶ com-: com-mit, com-mand ; -mi-: mi-d, mi-litary; -ssion: audi-tion, mi-ssion

語意與用法 ▶ commission 指的是佣金。可用 a 10% commission，表示百分之十的佣金。

例句 ▶ The sales representative tried to negotiate a better commission percentage.
這位銷售代表試圖談成更好的佣金比例。

● **commitment** 承諾、保證

發音 ▶ com-: com-mission, com-mand ; -mit-: li-mit, e-mit ; -ment: mo-ment, tor-ment

語意與用法 ▶ commitment 指的是承諾、保證。可搭配動詞 make，表示作出承諾。

例句 ▶ If you make a commitment to someone, make sure you fulfill that commitment.
對他人作出承諾的話，一定要履行。

● concession   讓步、讓步行為

發音 ▶ con-: con-fuse, con-gratulate ;　-ce-: se-ssion, re-ce-ssion;　-ssion: mi-ssion, rece-ssion

語意與用法 ▶ concession 指的是讓步、讓步行為。可用 make a concession，表示讓步。

例句 ▶ Both sides made concessions in order to reach an agreement.
　　　為了達成協議，雙方都讓步了。

● condition   條件

發音 ▶ con-: con-fine, con-fuse ;　-di-: de-cide, de-fense ;　-tion: ac-tion, mo-tion

語意與用法 ▶ condition 指的是條件。可用 on condition that...，表示以……為條件。

例句 ▶ The distributor is willing to accept the terms on condition that they have exclusive rights.
　　　經銷商願意接受這些條款，條件是他們享有獨家代理權。

● content   內容

發音 ▶ con-: con-trast, con-tract ;　-tent: tent, ex-tent

語意與用法 ▶ content 指的是內容。可用 content of the contract，表示合約內容。

例句 ▶ This software allows users to create web page content themselves.
　　　這個軟體讓用戶可以自己設計網頁內容。

● **contract** 合約、契約

發音 ▶ con-: con, con-trast ； -tract: tract, tract-or

語意與用法 ▶ contract 指的是合約、契約。可搭配動詞 sign，表示簽合約。

例句 ▶ The company signed a contract with a shipping company to deliver products.
這家公司與貨運公司簽訂貨物運送合約。

● **copy** 影本、複本

發音 ▶ co-: co-t, ca-rtoon ； -py: pop-py, slop-py

語意與用法 ▶ copy 指的是影本、複本。可用 keep a copy，表示保留一份複本。

例句 ▶ After an agreement is reached, a copy of the contract is kept by each party.
達成協議後，兩方各保留一份合約。

● **correction** 更正、訂正

發音 ▶ co-: co-rrupt, ca-noe ； -rrec-: t-rek, wreck； -tion: por-tion, invita-tion

語意與用法 ▶ correction 指的是更正、訂正。可用 make a correction，表示更正、訂正。

例句 ▶ A correction was made to the contract before signing.
簽約前合約做了修正。

● counselor　顧問

發音 ▶ coun-: coun-t, coun-cil ;　-sel-: univer-sal, coun-cil ;　-or: sail-or, tail-or

語意與用法 ▶ counselor 指的是顧問。可用 legal counselor，表示法律顧問。

例句 ▶ A legal counselor helps companies deal with legal matters.
　　　法律顧問協助公司處理法律事務。

● counterpart　簽約的對應方

發音 ▶ coun-: coun-t, coun-cil ;　-ter-: mat-ter, al-ter;　-part: part, a-part

語意與用法 ▶ counterpart 指的是簽約的對應方。可用 be signed by the counterpart，表示由合約
　　　　　的對應方簽名。

例句 ▶ The contract still needs to be signed by the counterpart.
　　　這份合約仍須讓對方簽名。

● countersignature　會簽、連署、副署

發音 ▶ coun-: coun-t, coun-cil ;　-ter-: mat-ter, al-ter;　-sig-: sig-nify, sig-nificant ;　-na-: va-ni-ty,
　　　mo-ni-tor ;　-ture: na-ture, tor-ture

語意與用法 ▶ countersignature 指的是簽約另一方的簽名。可用 require a countersignature，表示
　　　　　需要另一方的簽名。

例句 ▶ The contract still requires a countersignature.
　　　這份合約仍需要會簽。

● **deal** 交易

發音 ▶ dea-: dee-r, dee-d ;　-l: mea-l, sea-l

語意與用法 ▶ deal 指的是交易。可用 make a good deal，表示達成一筆好的交易。

例句 ▶ This is the best business deal he ever made.
這是他做過最好的一筆生意。

● **detail** 細節

發音 ▶ de-: dee-r, dee-p ;　-tail: tail, re-tail

語意與用法 ▶ detail 指的是細節。可用 in great detail，表示詳細說明。

例句 ▶ The broker explained the lease in great detail.
這位仲介詳細說明租約內容。

● **discussion** 討論

發音 ▶ dis-: dis-mount, dis-regard ;　-cus-: cus-tomer, cus-tom;　-sion: mis-sion, lo-tion

語意與用法 ▶ discussion 指的是討論。可用 have a private discussion with + 人，表示與某人私下討論。

例句 ▶ The human resources manager is having a private discussion with one of the employees.
人力資源經理正與一名員工私下討論。

● **document** 文件

發音 ▶ do-: do-ck, do-t ; -cu-: mer-cu-ry, cu-rious; -ment: orna-ment, commit-ment

語意與用法 ▶ document 指的是文件，例如 legal document，表示法律文件。

例句 ▶ A contract is a common legal document.
合約是一種常見的法律文件。

● **draft** 草稿

發音 ▶ dra-: dra-gon, dra-g ; -ft: swi-ft, lo-ft

語意與用法 ▶ draft 指的是草稿。可用 write a draft，表示準備一份草稿。

例句 ▶ The attorney wrote a draft of the contract before meeting with the client.
和客戶會談前，這位律師先擬一份合約草稿。

● **drawback** 缺點、不利條件

發音 ▶ draw-: draw, with-draw ; -back: back, back-up

語意與用法 ▶ drawback 指的是缺點。可用 the main drawback，表示主要的缺點。

例句 ▶ The main drawback to the lease is that we have to pay more money up front.
這個租約的主要缺點是我們必須預付更多款項。

• **duplicate**　副本、複製品

發音 ▶ du-: du-ring, due;　-pli-: com-pli-ment, am-pli-fier;　-cate: kit, roc-ket

語意與用法 ▶ duplicate 指的是副本、複製品。可用 a duplicate of the contract，表示合約的副本。

例句 ▶ The lawyer usually keeps duplicates of clients' contracts.
　　　這位律師通常會保留客戶合約的副本。

• **duration**　持續期間

發音 ▶ du-: due, du-ring ;　-ra-: ra-te, rai-l;　-tion: man-sion, sta-tion

語意與用法 ▶ duration 指的是持續期間。可用 the duration of the contract，表示合約的有效期間。

例句 ▶ The duration of the contract is three years.
　　　這份合約的期限是三年。

• **duty**　稅

發音 ▶ du-: due, du-el ;　-ty: ci-ty, electrici-ty

語意與用法 ▶ duty 意指稅；custom duty 表示關稅。

例句 ▶ The automobile trade union lobbied the government to reduce import duties.
　　　汽車工會遊說政府降低進口關稅。

● **finance** 資金、財政、財源、金融

發音 ▶ fin-: fin-d, fin-e ; -ance: freel-ance, enh-ance

語意與用法 ▶ inance 指的是資金、財政、財源、金融。obtain 或 get + finances + for + 事務，表示
得到從事某事務的資金；provide + 人或組織 + finances + for + 事務，表示提供某人
或組織從事某事務的資金。

例句 ▶ The government provided several companies finances for building environmental factories.
政府提供數間公司建造環保工廠的資金。

● **government** 政府

發音 ▶ go-: gu-t, gu-tter ; -vern-: ta-vern, vern-acular; -ment: ele-ment, agree-ment

語意與用法 ▶ government 指的是政府。可用 the local government，表示地方政府。

例句 ▶ The government is negotiating a free trade agreement (FTA) with neighboring countries.
政府正與鄰國協商簽署自由貿易協定（FTA）。

● **insurance** 保險、保險金額

發音 ▶ in-: in-scribe, in; -sur-: sure, en-sure; -ance: brilli-ance, clear-ance

語意與用法 ▶ insurance 指的是保險、保險金額。可用 purchase insurance，表示購買保險。

例句 ▶ The company purchased fire insurance for the new factory.
該公司替新廠購買火災保險。

● **lawyer** 律師

發音 ▶ law-: lo-iter, law-n;　-yer: saw-yer

語意與用法 ▶ lawyer **指的是律師。可用** corporate lawyer，**表示商務律師。**

例句 ▶ A corporate lawyer is a lawyer who specializes in corporation law.
　　　商務律師是專攻公司法的律師。

● **lobbyist** 遊說者

發音 ▶ lob-: lob-by, lob-ster ;　-by-: hob-by, chub-by;　-ist: pian-ist, art-ist

語意與用法 ▶ lobbyist **指的是遊說者，也可指為通過某議案而陳情的人。可用** hire a lobbyist，**表示雇用一位遊說者。**

例句 ▶ Trade unions can hire lobbyists to plead their cases with the government.
　　　工會可雇用說客為他們的案件向政府陳情。

● **manuscript** 手稿、原稿

發音 ▶ ma-: ma-n, ma-d ;　-nu-: new, ve-nue;　-script: script, script-ure

語意與用法 ▶ manuscript **指的是手稿、原稿。可用** manuscript of a famous author，**表示知名作家的手稿。**

例句 ▶ The publisher negotiated with the owner of the rare manuscript.
　　　出版商與擁有此珍貴手稿的人進行談判。

● marriage　結婚、婚姻

發音 ▶ ma-: ma-th, ma-p ;　-rriage: ridge, b-ridge

語意與用法 ▶ marriage 指的是結婚、婚姻。可用 prior to marriage，表示婚前。

例句 ▶ Some couples sign a prenuptial agreement prior to marriage.
　　　有些夫婦會簽署婚前協定。

● obligation　義務、責任

發音 ▶ obli-: obli-gate, obli-vion ;　-gation: alle-gation, le-gation

語意與用法 ▶ obligation 指的是義務、責任。可用 fulfill an obligation，表示履行義務。

例句 ▶ After a contract is signed, both parties have an obligation to follow the terms.
　　　合約簽訂後，雙方有義務遵循其中的條件。

● partner　合夥人、共同出資者

發音 ▶ part-: de-part, a-part ;　-ner: do-nor, cor-ner

語意與用法 ▶ partner 指的是合夥人、共同出資者。可用 business partners，表示企業合夥人。

例句 ▶ He met his business partners in college.
　　　他讀大學時認識了現在的合夥人。

• **partnership** 合夥關係、合資公司

發音 ▶ part-: de-part, a-part ; -ner-: do-nor, cor-ner; -ship: hard-ship, court-ship

語意與用法 ▶ partnership 指的是合夥關係。可用 form a partnership，表示建立合夥關係。

例句 ▶ He expanded the business by forming a partnership with another company.
　　　他藉由與另一家公司合資來擴展事業。

• **penalty** 處罰、罰款

發音 ▶ pe-: pe-n, pe-nding ; -nal-: sig-nal, fi-nal; -ty: beau-ty, reali-ty

語意與用法 ▶ penalty 指的是處罰、罰款。可用 heavy / severe penalty，表示重罰。

例句 ▶ The company will be hit with a severe penalty for under-reporting revenue.
　　　公司因為少報營業收入而被處以重罰。

• **photocopy** 影印本、複印本

發音 ▶ pho-: fo-ld, foe; -to-: to-te, to-tal; -co-: ca-r, ca-rve; -py: slop-py, pop-py

語意與用法 ▶ photocopy 指的是影印本、複印本。可搭配動詞 make，表示影印一份複本。

例句 ▶ It's illegal to make a photocopy of an entire book.
　　　影印整本書是違法的。

● **property** 財產、資產

發音 ▶ pro-: pro-duct, pro-mise ; -per-: per-cent, per-ceive; -ty: abili-ty, clari-ty

語意與用法 ▶ property 指的是財產、資產。可搭配動詞 own，表示擁有⋯⋯（**房產或地產**）。

例句 ▶ The insurance company owns several properties in this prime location.
這家保險公司擁有此黃金地段的幾筆地產。

● **rise** 上升、增加

發音 ▶ ri-: ri-ce, ri-pe ; -se: bu-zz, pau-se

語意與用法 ▶ rise 指的是上升、增加，如 rapid rise 即指快速增加。

例句 ▶ Due to its new products, the company enjoyed a rapid rise in sales revenue this year.
這家公司靠著新產品，今年的營收快速增加。

● **sign** 徵兆、跡象

發音 ▶ si-: si-de, cy-cle ; -gn: assi-gn, ali-gn

語意與用法 ▶ sign 指的是徵兆、跡象。可搭配動詞 show，表示顯示某種徵兆。

例句 ▶ The negotiations showed some signs of progress in reaching an agreement.
這幾次談判顯示達成協議已有進展的跡象。

● **signature**　簽名

發音 ▶ sig-: sig-nify, sig-nificant;　-na-: u-ni-versity, u-ni-ty ;　-ture: adven-ture, cul-ture

語意與用法 ▶ signature **指的是簽名。可用** a signature is required，**表示需要簽名。**

例句 ▶ Your signature is required to complete the credit card transaction.
完成信用卡交易需要您的簽名。

● **stress**　壓力、緊張

發音 ▶ stre-: stre-tch, stre-p;　-ss: ki-ss, pa-ss

語意與用法 ▶ stress **指的是壓力、緊張。可用** deal with stress，**表示處理壓力。**

例句 ▶ Negotiators must learn to deal with and beat stress.
談判代表必須學會處理及戰勝壓力。

● **tariff**　關稅、稅率

發音 ▶ ta-: ta-p, ta-rry ;　-riff: she-riff, riff

語意與用法 ▶ tariff **指的是關稅、稅率。可用** lower tariff，**表示降低關稅。**

例句 ▶ The automobile trade association petitions for the government to lower tariffs on imported cars.
汽車貿易商聯誼會向政府請願，希望降低進口車關稅。

● **tax** 稅、稅金

發音 ▶ ta-: ta-p, ta-xi ; -x: a-x, bo-x

語意與用法 ▶ tax 指的是稅或稅金，如 import taxes 表示進口稅。

例句 ▶ The government announced that luxury import taxes may be reduced.
　　　政府宣布可能降低奢侈品進口稅。

● **tax authority** 稅務局、稅務機關

發音 ▶ ta-: ta-p, ta-xi ; -x: a-x, bo-x;
　　　au-: au-dio, au-to ; -tho-: Tho-r, tho-rn; -rity: prio-rity, cha-rity

語意與用法 ▶ tax authority 指稅務局、稅務機關，國稅局則是 National Tax Administration

例句 ▶ The tax authority regularly conducts individual and company tax audits.
　　　稅務機關定期舉行個人或公司稅務稽核。

● **tendency** 傾向、趨勢

發音 ▶ ten-: ten, ten-d ; -den-: confi-den-t, inci-den-t; -cy: prima-cy, accura-cy

語意與用法 ▶ tendency 指的是傾向、趨勢。可用 negotiating tendency，表示談判傾向。

例句 ▶ Good negotiators should learn negotiating tendencies across a wide range of cultures.
　　　好的談判者應要學習了解多種文化的談判傾向。

● **term**　條件、條款

發音 ▶ ter-: tur-n, tur-tle；　-m: per-m, nor-m

語意與用法 ▶ term 指的是談判的條件或條款。可用 legal terms，表示法律條款。

例句 ▶ The company accepted the new terms.

　　　 該公司接受了新的條件。

● **violation**　違反、違背

發音 ▶ vio-: vio-lent, vio-lin；　-lation: re-lation, congratu-lation

語意與用法 ▶ violation 指的是違反、違背。可用 a violation of the laws，表示違法行為。

例句 ▶ Insider trading is considered a violation of the law.

　　　 內線交易被認為是違法行為。

VOCABULARY FOR LIFE 一生必學的英文單字

談判合作篇
其他詞類

● **centennial** 百年的

發音 ▶ cen-: cen-ter, cen-sor ;   -ten-: ten, ten-der;   -nial: colo-nial, ceremo-nial

語意與用法 ▶ centennial 意指百年的，可用 centennial celebration，表示紀念或慶祝百年的活動。

例句 ▶ The company negotiated with vendors to sponsor its centennial celebration.
公司協商廠商贊助百年社慶的慶祝活動。

● **conditional** 以……為條件的

發音 ▶ con-: con-duct, con-fuse ;   -di-: de-termine, de-liver;   -tion-: ac-tion, no-tion;
-al: nation-al, fin-al

語意與用法 ▶ conditional 意指以……為條件的。可用 be conditional + on + 情況，表示以某情況為
先決條件。

例句 ▶ The sale of the goods was conditional on the seller's paying for the delivery.
買賣貨品的條件是賣方支付運費。

● **confidential** 機密的

發音 ▶ con-: con-cert, con;   -fi-: fi-t, fi-ll;   -den-: den, den-tal;   -tial: ini-tial, essen-tial

語意與用法 ▶ confidential 指的是機密的。可用 confidential information，表示機密情報。

例句 ▶ Sensitive details of negotiations are usually kept confidential.
談判中的敏感細節通常都要保密。

● **due** 到期的

發音 ▶ due: du-al, du-el

語意與用法 ▶ due **意指到期的；可用** due date **表示到期日。**

例句 ▶ The contract is due for renewal on December 5th.
合約要在 12 月 5 日完成續約。

● **extra** 額外的

發音 ▶ ex-: ex-pert, x-ray ; -tra: orches-tra, man-tra

語意與用法 ▶ extra **指的是額外的，可用** extra sales **表示額外的銷售。**

例句 ▶ The company's successful negotiations brought in an extra $10 million in annual sales revenue.
公司談判成功，年營收因此多了一千萬美元的進帳。

● **legal** 法律的、合法的

發音 ▶ le-: le-thal, lea-p ; -gal: an-gle, min-gle

語意與用法 ▶ legal **指的是法律的、合法的。可用** legal case / action，**表示法律案件或法律行動。**

例句 ▶ Most legal cases are resolved through negotiations.
大多數法律案件是透過談判解決的。

• on behalf of 代表

發音 ▶ on: p-on-d, b-on-d;　be-: be-gin, be-hind；　-half: half, half-hearted;　of: of-ten, off

語意與用法 ▶ on behalf of 指的是代表；可用 on behalf of + 人，表示代表某人。

例句 ▶ The sales director negotiated the distribution agreement on behalf of the company.
　　　業務處長代表公司進行經銷合約的談判。

• private 私人的、個人的

發音 ▶ pri-: pry, pri-mary；　-va-: vi-ctory, vi-deo；　-te: pi-t, bi-t

語意與用法 ▶ private 指的是私人的、個人的。可用 in private，表示私下、非公開的。

例句 ▶ Negotiations are usually conducted in private.
　　　談判通常是私下進行的。

• stressful 有壓力的、緊張的

發音 ▶ stre-: stre-tch, stre-p;　-ss-: le-ss, ma-ss；　-ful: bliss-ful, success-ful

語意與用法 ▶ stressful 指的是有壓力的、緊張的。可用 stressful situations，表示壓力大的情境。

例句 ▶ Good negotiators can cope with stressful situations.
　　　好的談判者可以應付壓力很大的情況。

索引

A

advertisement [ˌædvɚˈtaɪzmənt] 26

advertiser [ˈædvɚˌtaɪzɚ] 26

agreement [əˈgrimənt] 84

allocation [ˌæləˈkeʃən] 26

ambassador [æmˈbæsədɚ] 27

amount [əˈmaʊnt] 84

anticipate [ænˈtɪsəˌpet] 14

approximate [əˈprɑksəmɪt] 64

article [ˈɑrtɪkl̩] 27

assent [əˈsɛnt] 72

assessment [əˈsɛsmənt] 27

attorney [əˈtɜnɪ] 84

audit [ˈɔdɪt] 85

author [ˈɔθɚ] 28

authority [əˈθɔrətɪ] 85

authorize [ˈɔθəˌraɪz] 72

avail [əˈvel] 72

average [ˈævərɪdʒ] 64

B

biography [baɪˈɑgrəfɪ] 28

boost [bust] 14

brand [brænd] 28

brochure [broˈʃʊr] 29

budget [ˈbʌdʒɪt] 29

build [bɪld] 14

business [ˈbɪznɪs] 29

businessperson [ˈbɪznɪsˌpɜsn̩] 30

C

calculate [ˈkælkjəˌlet] 73

case [kes] 30

celebrity [sɪˈlɛbrətɪ] 30

centennial [ˌsɛnˈtɛnɪəl] 102

circumstance [ˈsɜkəmˌstæns] 31

citizen [ˈsɪtɪzn̩] 85

client [klanət] 86

close down [ˈkloz ˌdaʊn] 15

coact [koˈækt] 73

collaborate [kəˈlæbəret] 15

column [ˈkɑləm] 31

columnist [ˈkɑləmɪst] 31

commentary [ˈkɑməntɛrɪ] 32

commerce [ˈkɑmɜs] 32

commercial [kəˈmɜʃəl] 32

commission [kəˈmɪʃən] 86

commitment [kəˈmɪtmənt] 86

compete [kəmˈpit] 15

competition [ˌkɑmpəˈtɪʃən] 33

competitor [kəmˈpɛtətɚ] 33

compose [kəmˈpoz] 16

concession [kənˈsɛʃən] 87

condition [kənˈdɪʃən] 87

conditional [kənˈdɪʃən!̩] 102

conduct [kənˈdʌkt] 16

confidential [ˌkɑnfəˈdɛnʃəl] 102

consent [kənˈsɛnt] 73

consequently [ˈkɑnsə,kwəntlɪ] 64

considerable [kənˈsɪdərəbl̩] 65

consumer [kənˈsumə] 33

content [kənˈtɛnt] 87

contract [ˈkɑntrækt] 88

contrast [ˈkɑntræst] 34

cooperate [koˈɑpə,ret] 74

coordinator [koˈɔrdə,netə] 34

copy [ˈkɑpɪ] 88

correction [kəˈrɛkʃən] 88

counselor [ˈkaʊnsələ] 89

counterpart [ˈkaʊntə,pɑrt] 89

countersignature [,kaʊntə ˈsɪgnətʃə] 89

curtail [kɜˈtel] 74

detail [ˈditel] 90

develop [dɪˈvɛləp] 16

devise [dɪˈvaɪz] 17

discussion [dɪˈskʌʃən] 90

dissent [dɪˈsɛnt] 75

distribution [,dɪstrəˈbjuʃən] 35

document [ˈdɑkjəmənt] 91

double [ˈdʌbl̩] 17

draft [dræft] 91

drawback [ˈdrɔ,bæk] 91

drop [drɑp] 35

due [dju] 103

duplicate [ˈdjupləkɪt] 92

duration [djuˈreʃən] 92

duty [ˈdjutɪ] 92

estimate [ˈɛstə,met] 37

evaluation [ɪ,væljuˈeʃən] 37

evolve [ɪˈvɑlv] 18

exclusively [ɪkˈsklusɪvlɪ] 66

expire [ɪkˈspaɪr] 76

explain [ɪkˈsplen] 18

explode [ɪkˈsplod] 18

express [ɪkˈsprɛs] 19

extra [ˈɛkstrə] 103

D

deal [dil] 90

decade [ˈdɛked] 34

decide [dɪˈsaɪd] 74

declare [dɪˈklɛr] 75

decline [dɪˈklaɪn] 35

deduct [dɪˈdʌkt] 75

E

economic [,ikəˈnɑmɪk] 65

economy [ɪˈkɑnəmɪ] 36

effective [ɪˈfɛktɪv] 65

enlarge [ɪnˈlɑrdʒ] 17

enterprise [ˈɛntə,praɪz] 36

entertainer [,ɛntəˈtenə] 36

F

factory [ˈfæktərɪ] 37

finance [faɪˈnæns] 93

financial [faɪˈnænʃəl] 66

flyer [ˈflaɪə] 38

forbid [fəˈbɪd] 76

forecast [ˈfor,kæst] 38

founder [ˈfaʊndə] 38

franchise [ˈfræn,tʃaɪz] 39

freelance [ˈfriˈlæns] 39

fundraiser [ˈfʌnd,rezə] 39

fundraising [ˈfʌnd,rezɪŋ] 66

G

goal [gol] **40**
government [ˈgʌvɚnmənt] **93**

H

handle [ˈhændl̩] **19**
headline [ˈhɛdˌlaɪn] **40**
headquarters [ˈhɛdˈkwɔrtɚz] **40**
host [host] **19**

I

implement [ˈɪmpləmənt] **20**
impose [ɪmˈpoz] **76**
improve [ɪmˈpruv] **20**
industrial [ɪnˈdʌstrɪəl] **67**
industry [ˈɪndʌstrɪ] **41**
inflation [ɪnˈfleʃən] **41**
influential [ˌɪnfluˈɛnʃəl] **67**

initial [ɪˈnɪʃəl] **67**
initiate [ɪˈnɪʃɪˌet] **20**
innovative [ˈɪnoˌvetɪv] **68**
inspection [ɪnˈspɛkʃən] **41**
insurance [ɪnˈʃurəns] **93**
invest [ɪnˈvɛst] **21**
investigate [ɪnˈvɛstəˌget] **21**
investment [ɪnˈvɛstmənt] **42**
investor [ɪnˈvɛstɚ] **42**

J

journalist [ˈdʒɝnl̩ɪst] **42**

L

launch [lɔntʃ] **21**
lawyer [ˈlɔjɚ] **94**
leaflet [ˈliflɪt] **43**
legal [ˈligl̩] **103**
legalize [ˈligəˌlaɪz] **77**
level off [ˈlɛvl̩ ˌɔf] **77**

lobbyist [ˈlabɪɪst] **94**
loss [lɔs] **43**

M

management [ˈmænɪdʒmənt] **43**
manuscript [ˈmænjəˌskrɪpt] **94**
market [ˈmɑrkɪt] **44**
marketing [ˈmɑrkɪtɪŋ] **44**
marriage [ˈmærɪdʒ] **95**
media [ˈmidɪə] **44**
merchandise [ˈmɝtʃənˌdaɪz] **45**
merger [ˈmɝdʒɚ] **45**

N

negotiate [nɪˈgoʃɪˌet] **77**
newscaster [ˈnjuzˌkæstɚ] **45**
newsletter [ˈnjuzˌlɛtɚ] **46**
niche market [ˈnɪtʃ ˌmɑrkɪt] **46**

O

objective [əbˈdʒɛktɪv] 46
obligation [ˌabləˈgeʃən] 95
offer [ˈɔfɚ] 78
on behalf of [ˌan bɪˈhæf əv] 104
ongoing [ˈanˌgoɪŋ] 68
opportunity [ˌapɚˈtjunətɪ] 47
organization [ˌɔrgənəˈzeʃən] 47
outlet [ˈautˌlɛt] 47
outline [ˈautˌlaɪn] 48
overview [ˈovɚˌvju] 48

P

partner [ˈpartnɚ] 95
partnership [ˈpartnɚˌʃɪp] 96
penalty [ˈpɛnˌtɪ] 96
pending [ˈpɛndɪŋ] 68
percentage [pɚˈsɛntɪdʒ] 48
performance [pɚˈfɔrməns] 49
photocopy [ˈfotəˌkapɪ] 96

plan [plæn] 49
planner [ˈplænɚ] 49
politician [ˌpaləˈtɪʃən] 50
poll [pol] 50
possibility [ˌpasəˈbɪlətɪ] 50
potential [pəˈtɛnʃəl] 69
predetermine [ˌpridɪˈtɜmɪn] 78
predict [prɪˈdɪkt] 22
preliminary [prɪˈlɪməˌnɛrɪ] 69
preparation [ˌprɛpəˈreʃən] 51
prerequisite [ˌpriˈrɛkwəzɪt] 51
press [prɛs] 51
primary [ˈpraɪˌmɛrɪ] 69
print [prɪnt] 22
private [ˈpraɪvɪt] 104
product [ˈpradəkt] 52
profit [ˈprafɪt] 52
profitable [ˈprafɪtəbḷ] 70
program [ˈprogræm] 52
progression [prəˈgrɛʃən] 53
project [ˈpradʒɛkt] 53
promise [ˈpramɪs] 78
promote [prəˈmot] 22
property [ˈprapɚtɪ] 97
proposal [prəˈpozḷ] 53

prospects [ˈprospɛkts] 54
prospectus [prəˈspɛktəs] 54
prosper [ˈpraspɚ] 23
publication [ˌpʌblɪˈkeʃən] 54
publicity [pʌbˈlɪsətɪ] 55
publish [ˈpʌblɪʃ] 23
publisher [ˈpʌblɪʃɚ] 55

Q

quarter [ˈkwɔrtɚ] 55
quarterly [ˈkwɔrtɚlɪ] 70
questionnaire [ˌkwɛstʃənˈɛr] 56
quote [kwot] 56

R

reach [ritʃ] 23
reconsider [ˌrikənˈsɪdɚ] 79
remark [rɪˈmark] 56
remit [rɪˈmɪt] 79

renew [rɪˋnju] 79
reporter [rɪˋportɚ] 57
represent [ˏrɛprɪˋzɛnt] 80
representative [rɛprɪˋzɛntətɪv] 57
revise [rɪˋvaɪz] 80
rise [raɪz] 97

S

sales [selz] 57
scale [skel] 58
schedule [ˋskɛdʒʊl] 58
shareholder [ˋʃɛrˏholdɚ] 58
sign [saɪn] 97
signature [ˋsɪgnətʃɚ] 98
sponsor [spɑnsɚ] 59
stable [ˋstebl] 70
strategy [ˋstrætədʒɪ] 59
stress [strɛs] 98
stressful [ˋstrɛsfəl] 104
submit [səbˋmɪt] 80
suggest [səˋdʒɛst] 24
survey [sɚˋve] 59

T

target [ˋtɑrgɪt] 60
tariff [ˋtærɪf] 98
tax [tæks] 99
tax authority [ˏtæks əˋθɔrətɪ] 99
tendency [ˋtɛndənsɪ] 99
term [tɝm] 100
terminate [ˋtɝmɪˏnet] 81
trend [trɛnd] 60
turnover [ˋtɝnˏovɚ] 60

V

venture [ˋvɛntʃɚ] 61
violation [ˏvaɪəˋleʃən] 100

Y

yield [jild] 61

Linking English

一生必學的英文單字05：企劃行銷篇／談判合作篇

2011年11月初版　　　　　　　　　　　　　定價：新臺幣240元
有著作權‧翻印必究
Printed in Taiwan.

著　　者	陳	超		明
發 行 人	林	載		爵

出　版　者	聯 經 出 版 事 業 股 份 有 限 公 司	叢書編輯	李			芃
地　　　址	台 北 市 基 隆 路 一 段 1 8 0 號 4 樓	文字整理	陳	慧		琴
編輯部地址	台 北 市 基 隆 路 一 段 1 8 0 號 4 樓	校　　對	林	雅		玲
叢書主編電話	(0 2) 8 7 8 7 6 2 4 2 轉 2 2 6	封面設計	陳	皇		旭
台北忠孝門市	台 北 市 忠 孝 東 路 四 段 5 6 1 號 1 樓	內文排版	安	琪		琳
電　　　話	(0 2) 2 7 6 8 3 7 0 8					
台北新生門市	台 北 市 新 生 南 路 三 段 9 4 號					
電　　　話	(0 2) 2 3 6 2 0 3 0 8					
台 中 分 公 司	台 中 市 健 行 路 3 2 1 號					
暨 門 市 電 話	(0 4) 2 2 3 7 1 2 3 4 e x t . 5					
郵 政 劃 撥 帳 戶	第 0 1 0 0 5 5 9 - 3 號					
郵 撥 電 話	(0 2) 2 7 6 8 3 7 0 8					
印　刷　者	文 聯 彩 色 製 版 印 刷 有 限 公 司					
總　經　銷	聯 合 發 行 股 份 有 限 公 司					
發　行　所	台 北 縣 新 店 市 寶 橋 路 235 巷 6 弄 6 號 2 樓					
電　　　話	(0 2) 2 9 1 7 8 0 2 2					

行政院新聞局出版事業登記證局版臺業字第0130號

本書如有缺頁，破損，倒裝請寄回聯經忠孝門市更換。　ISBN　978-957-08-3926-5 (平裝)
聯經網址：www.linkingbooks.com.tw
電子信箱：linking@udngroup.com

國家圖書館出版品預行編目資料

一生必學的英文單字05：企劃行銷
篇／談判合作篇/陳超明著 . 初版 . 臺北市 .
聯經 . 2011年11月（民100年）. 112面 . 14.8×
18公分（Linking English）
ISBN　978-957-08-3926-5（平裝）

1.英語　2.詞彙

805.12　　　　　　　　　　　　　　100023426